Ach.

flèche cercle

vivre et devenir

p.s.x nostalgie ...

p.s.9
vertigineux entre pranaus ...

stalien · Iliade

P.bs conste intérieure

en cit.

crépuscule
clair/obscur

CW01082456

L'un et l'autre

Collection
dirigée par J.-B. Pontalis

Vincent Delecroix

TOMBEAU
D'ACHILLE

Gallimard

Pour mon père et ma mère
qui m'ont donné Achille.

I

Le héros

Il y a un âge de l'innocence. Mais cette saison ne ressemble pas au long sommeil de la pureté adamique. Elle n'est pas un état avant le péché, la faute, le crime, la passion, la colère ou la violence. L'âge de l'innocence n'ignore rien de la réalité de la mort, il n'ignore ni les larmes, ni la douleur, ni le cri. Si le corps y est pur, ce n'est pas qu'il n'aurait jamais convoité, qu'il ne se serait jamais donné. Sa pureté tient à la simplicité.

Cet âge n'a jamais existé. Son être est celui du passé qui n'a jamais été présent et d'un présent si bref qu'il n'est qu'entraperçu. Il n'apparaît que dans la nostalgie, encore est-elle fugace, indécise, évanouie presque aussitôt. Il n'est pas perdu, parce qu'on ne peut perdre ce qu'on n'a jamais possédé, ni être ce que l'on n'a jamais été. Mais buvez un verre de trop, quittez un instant la conversation, laissez retomber la tête, ou redressez-la au contraire et mal à propos — ces paroles que l'on échange autour de vous ne sont plus les vôtres, vous parlez une autre langue et cette langue est archaïque, rien de ce qui se fait n'est plus dans votre temps, celui qui vous parle, vous ne le voyez plus et quelque chose a brûlé vos vêtements. Vous êtes souverain, et personne ne le sait. Vous souriez. Avant qu'une parole de nouveau vous saisisse et vous mette de nouveau dans ce corps tout composé et vous redonne cette âme confuse qui était la vôtre, tissée de mille pensées contradictoires, arrangée d'étoffes dépareillées et de motifs illisibles, vous étiez innocent. Vous étiez seul, tout un, sans fractures, sans coutures, sans béances. L'air que vous respiriez emplissait tous vos poumons. Un sentiment, une pensée, une sensation occupait toute votre âme, vous étiez simple.

À ce moment, Achille a surgi.

Si le mythe est l'enfance de la raison, ce qui est faux aussi bien d'un point de vue anthropologique que d'un point de vue littéraire, c'est une enfance que l'humanité, toujours déjà très vieille, n'a jamais connue, comme vous êtes, même enfant, toujours déjà très vieux de quelques jours, de quelques mois. Cette enfance que maintenant Achille va traverser en courant, comme une flamme infatigable, destructrice et jamais domptée, est avant le temps de l'enfance. Vous n'avez jamais parcouru ces plaines, franchi ce fleuve impétueux, jamais vous n'avez été d'une pièce, entièrement façonné de colère, entièrement dans la douleur, persuadé si uniment de votre mort ou si franchement livré à l'amitié. Toujours un désir en a troublé un autre et jamais vous ne pouviez lire exactement le texte de votre pensée.

Mais dans ce bref instant, votre innocence est absolue, vous êtes en compagnie des héros. Ce qui se donne à vous, alors, est une pure humanité, trempée au feu, étincelante, où la violence, l'amour et le désir de gloire sont sans mesure, où la compassion, la clémence ou la haine, la douceur, l'insulte, le geste d'implorer ou celui d'achever impitoyablement sont d'une profondeur sans égale, d'un métal sans impureté et vibrant. C'est une langue que vous n'avez jamais parlée, mais elle est limpide et c'est comme si toujours vous l'aviez comprise. Le soleil est inaltéré, les étoiles jeunes, et l'or, l'air, la rugosité du bois, l'ardeur du feu, le sel de la mer, l'amertume de la terre sont sans mélange. Un bref instant, le socle du monde se dévoile. Vous êtes auprès d'Homère, vous épelez avec lui la grammaire du monde.

Alors vous savez ce qu'est l'amour, ce que c'est que d'être ivre de colère ou de douleur, vous savez ce qu'est une vague, un brasier, une mère, un cheval, l'éclat du métal, la nuit étoilée — et vous marchez pour un instant aux côtés d'Achille.

Et si cet instant dure assez pour que vous puissiez porter le regard sur ceux qui vous entourent, vous voyez à travers eux, vous lisez, comme traversant un palimpseste, la langue originelle de leurs sentiments, ils se dépouillent devant vous, le temps de ce bref dessillement, de tout ce dont le monde si vieux, leur histoire et les sédiments du temps les ont revêtus. Ils parlent grec, sous le costume vous devinez la cuirasse, sous le chapeau un casque empanaché, leur montre est un bracelet de bronze. L'un d'eux a le verbe abondant, retors et captieux, il cligne de l'œil et sourit, c'est Ulysse. Cette morgue hautaine, cette suffisance blessante et qu'on devine sans pitié est celle d'Agamemnon. Et même dans cette main qui se tend vers vous pour doucement saisir votre poignet, lorsque dans l'accablement vous n'êtes plus vous-même qu'un puits de douleur, vous voyez le geste d'Achille pour Priam. Vous sentez que le courage de celui-ci est sans borne, vous pouvez l'appeler Ajax ou Diomède. Et lorsque, dans l'abandon de la rêverie, vous vous souvenez d'un jour où votre mère prit contre sa poitrine votre visage d'enfant tout chargé de sanglots, vous comprenez que Thétis vous a pris dans ses bras. Et parfois même, vous croisez des immortels, dont vous reconnaissez le corps mystérieux au moment seulement où ils disparaissent.

Ils ne sont pas alors autres qu'ils ne sont, ces visages, ces corps qui vous entourent et les paroles qui les enveloppent. Ce sont bien eux que vous voyez et qui portent pour une seconde ou trois minutes le nom des héros ou des dieux. Ce n'est pas, à l'inverse, que le reste du temps ils s'emploieraient à masquer ce qu'ils sont réellement, ou que leurs gestes, leurs paroles, leurs actes les auraient défigurés. Mais vous voyez leur cœur, vous lisez en eux les signes clairs, simples de cette pure humanité. Et ce qui vous saisit alors, ce qui gonfle inexplicablement votre poitrine, délie votre corps, ce qui éblouit votre regard et le lave, c'est sa beauté. Cette beauté ne tient pas de la pureté morale, qui est peut-être rarement belle, elle n'est rien non plus de cet idéal obtenu en raclant jusqu'au dessèchement ce qui nous fait en réalité et en traçant des canaux praticables dans les méandres de notre vie. Les héros d'Homère ne sont ni des monuments ni des idées, et pas même notre part d'immortalité. Le « divin » Achille est le plus mortel des hommes, si lié à notre condition que sa mère en fut inconsolable. La faiseuse d'immortels, c'est elle, plutôt, qui jette ses enfants au feu pour en brûler les parties mortelles, à la manière des philosophes qui jettent la réalité fuyante et mouvante, singulière, diaprée, variable, au feu des Idées éternelles pour enrayer le cours du temps, la croissance de la mort, l'intolérable destruction attachée à tout ce qui est et devient. Mais Homère est peut-être comme Pélée, le père d'Achille, qui estime l'immortalité trop chère payée à ce prix, ou simplement ne comprend pas ce qui se passe, et arrache son fils du feu et pensant le sauver le voue à la mort future, car ainsi il le fait homme, tout homme — mortel.

Quelqu'un vous tire par la manche, le tintement d'un verre vous fait sursauter, une parole vous happe et votre rêverie s'achève. Vous remontez, vous revenez de Grèce, les visages de nouveau se composent, les paroles s'entremêlent, un tissu bariolé se dessine sur l'ancienne tunique de lin, l'architecture complexe du monde dans lequel vous vivez se bâtit à vertigineuse allure. Les corps se chargent de l'histoire qui est la leur, une écriture se griffonne sur l'écriture première, bientôt la langue des sentiments est pleine de dialectes, d'idiomes, d'accents — vous entrez de nouveau, peut-être avec délice, peut-être à regret, dans le labyrinthe des histoires embrouillées, vous êtes dans l'écheveau.

À quoi pensiez-vous ? Étiez-vous en colère ? Était-ce du dépit ? Murmuriez-vous une plainte inextinguible et faible ? Sentiez-vous que vous alliez mourir ? Tout à la fois peut-être, mais vous ne sauriez plus le dire, maintenant, ce n'est plus si clair. Il y avait aussi un désir ardent, une rage à survivre, un grand cri vers le ciel que personne n'a entendu et son écho disparaît. Vous regardez vos mains, qui à l'instant n'étaient que pour saisir, ou briser, ou caresser, et qui maintenant exécutent simultanément de multiples gestes. Votre corps, peut-être, est plus lourd, moins mobile, mais lui aussi multiple, il se tourne vers l'un, esquisse le mouvement de partir, se retient, vous croisez, décroisez les jambes, votre main hésite à saisir un verre, votre bouche ne sait pas si elle doit s'ouvrir ou sourire ou embrasser. Vous regardez autour de vous. Ulysse, Diomède ou Ajax n'ont pas disparu, mais d'autres vêtements les recouvrent et ils sont bien difficiles à reconnaître, désormais. Du français ou de l'italien se mêlent à leurs hexamètres.

Mais lorsque, ainsi, ces visages archaïques se recouvrent et se chargent, c'est toute l'histoire des héros que vous parcourez à bride abattue pour revenir dans le monde actuel. Ulysse quitte Homère, prend un peu de poésie renaissante sur les épaules. Achille chausse un masque tragique, puis sa chevelure s'emperruque, et il arrive vers vous en chantant l'italien de Métastase ou peut-être, le cheveu préromantique, parle-t-il la langue de Goethe. Il n'est plus seulement le guerrier ivre de vengeance, le tueur d'Hector, il a d'autres amis que Patrocle et Antiloque, peut-être même a-t-il le pied moins léger, mais il est aussi l'amant de Polyxène, d'Iphigénie, celui d'Hélène, même, si l'on en croit certains, celui, pour son malheur, de l'Amazone Penthésilée. Il arrive chargé de vingt-huit siècles d'histoire et peut-être est-ce la raison pour laquelle il court moins vite. Agamemnon, désormais, est le grand barbu qui s'avance, -bu qui s'avance, -bu qui s'avance. Vous êtes à la fin de l'histoire.

Mais au début, qu'y avait-il ? Qu'y avait-il avant que la science historique, la poésie et le roman, la peinture, la musique, et, pour leur malheur, le cinéma, se saisissent de ces hommes et les pétrissent, les chargent de ce lourd bagage et qu'ils paraissent devant nous, qui sommes vieux, si richement ornés (parfois si ridiculement) qu'on ne sait plus à quoi ressemblait leur nudité, cette limpide et éclatante et ténébreuse nudité qui parfois, dans ces brefs moments, est encore la nôtre ? Pour nous, les derniers-nés, Achille n'est pas le fils seulement de la marine Thétis et de Pélée, non plus même celui d'Homère, mais celui de Stace, d'Ovide, d'Horace, d'Euripide et de Racine, de Goethe et de Byron, de Rotrou et de Benserade, de Gluck, de Métastase, de Lully, de Dante et de Boccace, de Ronsard, de Shakespeare, de Rubens, d'Ingres, de Füssli, de La Fontaine, de Barbey, de Kleist, d'Aristote, de Gracián, d'Alain, de Simone Weil. Et c'est sans parler de ceux qui, dans l'histoire, se sont frottés un peu à sa statue de géant et y ont déposé un peu de leur peau : peut-être, désormais, a-t-il le casque d'Alexandre, les lauriers de César ou le paganisme militant de Julien l'Apostat qui, quand l'Empire commençait à se couvrir d'églises, voulut rétablir le culte des héros et singulièrement celui d'Achille. Son tombeau est un lieu de tourisme littéraire et politique, il doit être constellé de graffitis célèbres.

Encore cette mémorable généalogie offre-t-elle des lacunes mémorables : une pièce perdue d'Eschyle lui donnait au visage des traits ignorés, dans la poitrine des sentiments, qui hantent comme une ombre le visage que nous lui connaissons et peut-être les devine-t-on à certains mots de Platon. Et qui sait les gestes qu'il aurait eus, si Goethe avait achevé son *Achilléide* ? Vous ignorez le latin ou le grec, Thomas Corneille vous est étranger ou insupportable, ou Quintus de Smyrne ou Benoît de Sainte-Maure ? Mais lorsque la figure d'Achille s'approche de vous et pour un instant vous entraîne à sa suite, ceux-là aussi, sans que vous le sachiez, vous les fréquentez, comme vous faites connaissance, sans le savoir, dans l'ami qui vous parle ou dans le geste de cet autre, avec ceux qui leur ont donné la vie. Dans toute cette parentèle, faudrait-il distinguer les bons des mauvais, les parents adoptifs des parents biologiques, les frères en esprit, les fils de sang, les cousins germains et les faux frères ? Avant Homère, ces héros vivaient déjà chez les aèdes et ils continuent de vivre après lui, ils sont aussi désormais italiens, allemands ou français, parlent toscan, chantent autant qu'ils parlent, et parfois même ils dansent. Chez qui donc, dans quelle maison, irez-vous chercher Achille ? Il est au Louvre, au San Carlo, au Théâtre-Français, et pas seulement sur le rivage de Troie.

Mais vous voudriez, rien qu'un instant, balayer cela. Vous ne voulez pas du drapé à l'antique et des alexandrins, des roucoulades précieuses, des pompeuses réflexions sur le destin, des doctes mises en garde sur les méfaits de la colère (Achille s'en impatientait déjà), ni des musculatures de poulet aux hormones. Vous voulez revoir Achille comme il fut, au début. En héros.

Mais qu'y avait-il au début ? Au début de l'histoire, justement, il y a le début de l'Histoire et c'est dans ce commencement que vivent les héros. Avant d'être des archétypes ou des modèles, des exemples de vertu, de courage, d'impiété ou de hardiesse, et bien avant de devenir des métaphores qui n'ont plus que la peau sur les os, les héros se tenaient où le monde des dieux plonge dans le monde des hommes, et c'est pourquoi ils s'adressaient aux dieux tout en faisant l'histoire des hommes. Des innombrables discussions concernant la réalité de la guerre de Troie, il ne faudrait peut-être retenir que ceci : que sur ce minuscule bout d'Asie Mineure se sont télescopés les affaires naissantes des hommes et l'interminable crépuscule des dieux, sur une grève, dans une plaine, autour d'une citadelle bâtie par des dieux mais défendue par des hommes, sur une aire où des dieux si merveilleusement humains déjà (au scandale de Platon) qu'ils s'empoignent et s'invectivent viennent se mêler à des hommes si divins encore que leurs exploits sont merveilleux. Par un bête anachronisme d'ailleurs, nous jugeons de la nature de ces dieux à l'aune des monstres toutpuissants que nous avons découverts depuis lors, nous disons que les héros d'Homère sont leurs jouets, leurs marionnettes et rien n'est plus faux, tant les hommes déjà font merveille et n'ont besoin de personne pour flétrir, outrager, pardonner et se vouer à la mort de leur propre chef. Les dieux ne se mêlent pas aux hommes sans danger pour eux-mêmes, d'ailleurs, cette race humaine toute neuve leur fait perdre la tête et parfois ce qui leur tient lieu de sang : c'est une image saisissante et significative que celle de Diomède qui, au cours du combat, reconnaît Aphrodite et la blesse volontairement, et puis s'en prend à Arès, le dieu pourtant du carnage et de l'épouvante, et le force à quitter la lice ; Achille, chez Quintus de Smyrne, n'hésite pas à menacer Apollon qui lui barre le chemin. Tous paient bien sûr cette arrogance — et Achille peutêtre plus exemplairement que les autres. Mais tous se fraient déjà un passage dans le destin et donnent de la poitrine dans l'Histoire.

Ces héros sont entre les deux, où le récit historique qui ne connaît que des causes ne se retranche pas de la poésie épique qui connaît encore les dieux et où, tous les deux confondus, ils disent la vérité de ce qu'est un homme, de ce qu'il peut faire et de la fin à laquelle il se voue. Si la masse des combattants est la plupart du temps indistincte, on discerne pourtant qui descend des dieux et qui déjà n'en descend plus. Et tous vivent une vie divine mais peuvent pourtant mourir comme des chiens. Achille, et avec lui Agamemnon, Priam, Hector ou Ajax, sont à la croisée des chemins, l'immortalité de leur gloire a déjà pour condition qu'ils vont mourir. L'*Iliade* est le poème du monde qui commence (et il commence dans un bain de sang) : le merveilleux est à l'état d'équilibre avec la réalité la plus crue, la grâce surnaturelle avec la sauvagerie la plus bestiale et il n'y a plus de corps *entièrement* invulnérable. Le monde balance imperceptiblement — avant que les philosophes, les mythographes et les historiens ne voient bientôt plus dans la figure des dieux que des allégories, des sentiments, des idées et des motifs de l'âme, avant qu'on ne découpe la parole en poésie, tragédie, histoire, philosophie, religion, rhétorique, avant qu'ils ne déclarent que, *probablement* (ce mot appartient déjà à la science historique), Achille était le chef d'une petite cité de Thessalie qui, allié à d'autres roitelets du continent ou des îles, se livra à une razzia fameuse pour, entre le XIIIe et le XIIe siècle avant Jésus-Christ, détruire une prospère et concurrente cité d'Asie Mineure.

Alors, tout à l'heure, lorsque vous lisiez la colère d'Achille dans la rage de celui-ci, ou dans ses protestations d'injustice, vous vous teniez à la lisière des deux mondes, vous étiez à la frontière, vous étiez dans la jeunesse du monde. Vous y êtes encore, ou de nouveau, lorsque, par hasard, vous marchez dans un jardin au crépuscule et que l'été assoupi simplifie avec douceur les battements de votre cœur, lorsque, un matin, le soleil naissant vous semble naître pour la première fois, lorsque vous longez une grève, la nuit, et que d'un seul coup le ciel étoilé ouvre au-dessus de vous une aile immense. Vous faites quelques pas encore, mais vous n'êtes plus seul. Vous vous asseyez sur le sable. Vous devinez une ombre, une grande silhouette. À côté de vous, Achille est sorti de sa tente, dans le silence du campement endormi, peut-être même est-ce la nuit où il a offert une couche à Priam après avoir massacré son fils. Vous distinguez dans la clarté nocturne ce visage d'homme, ce profil de dieu, tourné vers les étoiles. À cette époque les étoiles étaient jeunes, elles n'étaient pas encore ordonnées dans cette tapisserie qu'allaient patiemment broder physiciens, astronomes et philosophes pendant les siècles à venir, à peine commençaient-elles de porter un nom : les demi-dieux venaient à peine d'y monter. Le ciel était *a fresco*, pas tout à fait sec encore. Vous regardez ce qu'il regarde, voyez ce qu'il voit :

21

l'apothéose toute fraîche des premiers héros qui, les uns après les autres, viennent sur la voûte inscrire de leur corps de nouvelles constellations. On voit encore palpiter leurs formes qui, une génération plus tôt, parcouraient la terre. Héraclès vient tout juste de poser sa massue dans un coin du ciel et le Centaure, qui désormais galope au milieu des comètes, Achille lui-même l'a connu vivant, lorsqu'il hantait les bois et instruisait tout ce que la Grèce naissante comptait de demi-dieux. Dans ces corps sidérés, il peut lire sa proche généalogie et même quelques-uns de ses compagnons, et ils ne sont pas si loin qu'il ne peut encore leur parler, comme il sait qu'au profond de la terre, sous ses pieds légers, son grand-père est juge aux Enfers. Et dans le doux ressac de la mer endormie, devant vous, vous distinguez comme lui la chevelure de sa mère, la néréide, vous entendez son murmure lié de faibles plaintes et de consolation. Et la brise qui caresse votre front est encore un dieu. Achille est celui qui se tient dans ce monde, vous commencez à comprendre qu'il sera toujours jeune.

Il arrive que cette éternelle jeunesse d'Achille coïncide avec la vôtre, que, dans votre enfance, on ait mis entre vos mains une version illustrée de l'*Iliade* comme un grand catalogue dans lequel vous aviez le loisir de vous choisir des frères, des parents, des ennemis, un casque à cimier ou un bouclier à triple peau pour vos jeux, un prétexte pour manier une épée en carton ou pour faire cuire un bout de lard dérobé, au fond du jardin, sur un autel improvisé dédié à des divinités autrement plus irritables que vos parents. Pour vous, le visage d'Achille a les traits simples de cette illustration dans laquelle on le voit brandir franchement une pique que d'ailleurs, à défaut du frêne géant du Pélion dans laquelle elle fut taillée par le centaure Chiron, vous auriez bien voulu fabriquer avec une branche morte du Jardin du Luxembourg. Sur ce visage, qu'on a dessiné avec un évident et naïf souci d'idéalisation, et peut-être même moulé sur une statue classique, se sont par la suite déposés d'autres traits, venus de céramiques à figures rouges ou de fresques romaines, découverts dans un manuel de latin ou un catalogue de musée, peut-être tirés d'une édition scolaire de Racine ; et peut-être avez-vous eu le malheur de croiser un effroyable péplum et maintenant il y a dans son visage un je ne sais quoi de gros poupon américain monté en graine. Mais au-dessous, comme la statue de Glaucus, la face radieuse demeure et quand, par temps de nostalgie, vous vous surprenez à relire vos livres d'enfant, vous le retrouvez intact, dépouillé de toutes les excroissances de votre histoire et de votre culture : il a le visage de votre enfance. Celui-là était votre héros, il brandit toujours cette lance avec une inaltérable et farouche détermination, vous l'entendez invoquer le Cronide ou la Porte-Égide au moment de frapper, et vous vous souvenez que le petit Hector en culottes courtes qui, pendant ces vacances, essayait de vous semer à la course n'en a plus pour très longtemps.

Il était votre héros, peut-être, parce qu'il était le plus grand des héros, le plus beau, le plus fort, le plus courageux ou le plus inflexible, quand vous n'étiez pas si beau, quand un regard minaudant vous tourneboulait pour votre honte, quand il aurait fallu se montrer ferme et que vous vous découvriez faible. Ou peut-être parce que sa mère était une déesse marine, ou parce que lui aussi pouvait cesser de jouer brusquement pour longuement bouder en cas de notoire injustice. Ou parce qu'il avait un ami, un vrai, à la vie à la mort. Il était votre héros, parce qu'il fut inconsolable et que sa mère caressa tendrement ses cheveux (vous aviez faim de cette caresse, et honte de cette faim, qui n'était pas virile). Il l'était, parce qu'il possédait des coursiers immortels et qui parlaient, des armes d'or, un bouclier sur lequel était représentée la totalité du monde, un corps presque invulnérable et l'art de parler d'égal à égal avec les dieux. Parce que tous s'accordaient à reconnaître qu'on ne pouvait jouer sans lui. Parce que, mais peut-être ne le saviez-vous pas encore, il eut de multiples conquêtes, qui étaient autre chose que des villes rasées, des terres emportées, des ennemis terrassés. Parce que, aussi, il faut bien l'avouer, il était de tempérament colérique et que vos caprices de gamin en étaient blasonnés d'or, ou que son orgueil était une qualité divine et non un vilain défaut. Parce qu'il n'était pas chafouin comme Ulysse, pontifiant comme Nestor, stupide comme Agamemnon, lâche comme Pâris — et surtout pas cocufié comme Ménélas. Parce qu'il était pur, dans sa violence comme dans sa magnanimité, dans son chagrin comme dans sa joie triomphante. Et il semblait qu'à le suivre vous étiez purifié, plongé au feu, comme lui-même le fut, enfant, par sa mère. Vous n'alliez jamais vieillir. Toujours il y aurait sur votre visage une effrayante noblesse que vous n'avez jamais eue, dans votre âme un irrépressible mépris pour ce qui est bas, vil, contourné, artificieux, pusillanime, mesquin. Toujours aussi, il y aurait près de vous la tendresse infinie d'une mère, sans que ce protecteur amour ne soit objet de raillerie et sans qu'il n'amolisse votre courage. Et toujours le soleil serait sans défaut, les paroles droites, la nuit profonde et immensément riche d'étoiles.

Vous n'alliez jamais vieillir. Vous vieillissez. Achille ne vous a pas quitté, mais son visage change, comme le vôtre, moins que le vôtre tout de même, qui offre désormais un paysage moins pur et plus bâti, et des mots inconnus d'Homère, inconnus d'Euripide et de Pindare, ont fait leur apparition dans son vocabulaire. Vous avez quitté l'antique saison.

L'immortalité des héros est une vie qui dure longtemps. Elle est la théorie de leurs vies successives, une course sans cesse reprise dans des chemins différents, la peau d'un fruit où s'ajoutent des moires, la carapace d'une tortue. Elle n'a jamais été à l'abri du temps et elle n'est pas comme le soleil qui chaque matin renaît toujours neuf. Il arrive que cette vie indéfinie, que soutiennent seules la mémoire et la parole et qui est la seule, mais réelle, immortalité que les Grecs reconnaissaient aux hommes, connaisse de longs assoupissements. On peut même, parfois, la croire éteinte, cette vie, car la parole s'est éteinte qui prononçait leurs noms, la lecture s'est tue qui chaque fois leur redonnait un peu de sang, un peu de souffle. Elle est parfois moribonde, car il y a des époques qui ânonnent et qui balbutient, des saisons de l'oubli, de l'obscur, des temps où le monde a de petits yeux plissés qui rapidement s'offusquent d'un éclat trop étincelant, où il est fatigué de grandeur et rêve de minuscule, où il a d'autres soucis ou d'autres amours, où sa bouche édentée ne sait tout simplement plus épeler un mot grec, où ses doigts gourds ne peuvent saisir sans abîmer. Cataleptiques alors, ces héros s'enfoncent dans un sommeil de marbre, ils se laissent couler dans une mer atone, ils meurent pour longtemps, leur corps est la proie de l'archéologie. Et s'ils se réveillent, si on les réveille, il arrive qu'ils portent au visage des marques irréversibles de ce mauvais sommeil. Et il arrive qu'on les pousse, encore ensommeillés ou même mourants, sur une scène qu'ils ne reconnaissent pas et sur laquelle leurs gestes sont comme de plomb, leur bouche empâtée et grimaçante et ils ne comprennent pas ce qu'ils disent, ni ce qui leur arrive, et l'on bâille ou l'on rit, sans voir que c'est de soi que l'on rit. Parfois, ils étouffent sous un amas de feuilles qui leur fait comme une tombe, ils étouffent tant on met de papier dans leur bouche et si certains héros sont chroniquement fatigués, c'est qu'ils portent à longueur de journée des bibliothèques sur les épaules. Mais il arrive aussi qu'un coup de hache dans le bavardage, une voix forte dans le murmure exténué et radotant brise le tombeau et délie leurs membres, il arrive qu'un œil sache regarder les étoiles, qu'une main ferme prenne en frère leur main gantée de soleil.

Achille, promis à une mort inéluctable dont le fantôme hante chacun de ses gestes, meurt sans arrêt et puis vit de nouveau d'une autre vie. Il traverse en courant les siècles, tue mille fois Hector, mille fois aime Polyxène et Patrocle. Chaque saison de l'Europe a son Achille, comme chacune de vos époques à vous. Comme chacune d'elles a sa définition de la gloire, du courage, de l'amour, comme chacune a son jugement sur la colère ou la vengeance, comme elle a son idée de l'immortalité, ainsi est-il prince, noble et courtois chevalier, galant homme. Il a non plus de la force mais du *cœur*, non plus de la puissance mais de la générosité, puis de nouveau de la force. Il est tyran dans la passion, viole plus qu'il n'étreint, puis soudain se consume d'amour. Il est mélancolique, souffre de la bile noire. Par moments, sa haute stature lui interdit de passer des portes devenues trop étroites et il demeure en coulisse, tandis que la scène est encombrée de personnages plus doux, plus urbains, ou simplement plus médiocres. Sa voix est trop puissante pour certains temps, elle détonne. Alors on lui verse du miel dans la bouche, on le fait chanter, on le pare comme pour un bal, on a ôté le tranchant de ses armes, son bouclier est un chef-d'œuvre de gravure baroque.

L'immortalité peut devenir un supplice, le pire de tous, celui du ridicule, au regard duquel la roue d'Ixion ou le rocher de Sisyphe sont des jouets d'enfant. Achille ne meurt pas, il agonise pitoyablement, emporté lentement par une toux de vers français, étouffé sous le costume à l'antique ou la jaquette début de siècle. Et lui prêtant toujours plus, on lui en ôte d'autant. On le compromet dans des intrigues de basse catégorie où il lutte avec une épée de bois contre des petits-bourgeois qui se donnent des frayeurs, et il finit par tourner dans la littérature, la peinture ou la musique comme un gros lion de zoo auquel on a scié les griffes et qui perd ses dents pour n'être plus nourri que de choux et de poireaux.

Or ce que l'on fait d'Achille, le visage qu'on lui donne, les gestes qu'on lui prête, est un impitoyable miroir, dont le reflet laisse voir des saisons où l'on est trop bas ou trop petit pour lui. Son immortalité devient notre punition légitime. La lumière qu'il lance sur le monde projette au sol notre ombre de fourmi. Mais parfois aussi cette lumière est la seule dans laquelle nous aimerions baigner, quand même son éclat pique les yeux. L'anecdote rapportée par Plutarque est célèbre : Alexandre le Grand pleura sur la tombe d'Achille. Et Baltasar Gracián, bien des siècles plus tard dans son livre sur *Le Héros*, ajoute : « Ce n'était pas la mort d'Achille, qu'il pleurait : il pleurait sur lui-même, qui n'était rien encore au regard de la renommée. »

Parmi ce qui fait un héros, chez Gracián, il y a l'exemplarité, ce qui veut dire *à la fois* être un exemple et avoir un exemple. Mais une vie exemplaire, des actions exemplaires, est-ce ce que l'on suit, ou ce que l'on imite, ou ce avec quoi l'on rivalise ? Il faut, bien sûr, exclure l'imitation servile, le mimétisme imbécile qui immanquablement dégénère en ridicule, abaisse celui qui s'y livre d'autant plus bas qu'il y a plus de hauteur dans son modèle et fait de son existence pantomime une pitoyable satire. L'Alexandre de Plutarque n'est pas de ceux-là — il l'imita pourtant aussi, et de la pire des manières, si l'on en croit ce même Plutarque, en faisant traîner derrière un char, mais vivant, le roi de Gaza, après lui avoir fait percer les talons — mais il y eut des rois et des empereurs pour pleurer autrement sur la tombe d'Achille. Chateaubriand rapporte, avec une férocité à laquelle son mépris pour l'Empereur n'est certainement pas étranger, une scène qu'il faudrait peut-être longuement méditer et qu'il emprunte à Dion Cassius ou bien à Hérodien. Caracalla, empereur dégénéré, monument à la fois ridicule et effroyable de la décadence, se rend lui aussi au cap Sigée où se trouve la cendre d'Achille. Par politique, par bêtise, par mégalomanie, il voudrait être Achille, il veut faire comme lui — croyant qu'on peut reproduire des gestes à l'identique, croyant que cette reproduction confère mécaniquement ou magiquement la gloire et la grandeur qui leur étaient attachées. Parmi ces gestes, il y a, sublime, celui de pleurer la mort de l'ami, Caracalla veut faire de même. Fâché de n'avoir pas d'ami mort à disposition, il s'en trouve un et le fait égorger proprement, pour le pleurer à son aise comme Achille pleura Patrocle. Cette sinistre comédie s'achève par une image dont on ne sait s'il faut en rire ou en être accablé. Achille avait coupé sa chevelure et jeté les mèches dans le bûcher de Patrocle, Caracalla s'en avise. Mais il est très dégarni. Et les soldats qui l'entourent de regarder alors, narquois, pleins d'un insurmontable et dangereux mépris, cet histrion féroce suer sang et eau pour s'arracher une maigre et galeuse touffe de cheveux. À voir agir certains, il arrive parfois que l'on se sente soldat de Caracalla.

Le casque d'Achille est trop grand pour certaines têtes, il leur tombe sur les yeux. Mais la bêtise tient d'abord à vouloir s'en coiffer : il n'est fait que pour une seule tête. Et pourtant la dispute pour les armes d'Achille qui, aussitôt après sa mort, opposa fameusement Ulysse et Ajax, se poursuit de siècle en siècle : la littérature ou l'histoire fournit le champ d'une querelle où l'on se bat parfois comme des chiffonniers pour savoir qui en est digne, et c'est à qui usera de plus de ruse, d'art ou de fourberie pour se saisir de ce que pourtant il ne pourra manier. Mais la bêtise tient aussi à l'oubli que le temps a passé : l'immédiat châtiment de cet aveuglement est de mettre sur la scène de l'histoire des personnages qui sont de leur vivant déjà anachroniques. Ils ne savent pas qu'Achille est derrière eux, ou bien devant, qu'il court et se métamorphose dans cette course.

Comment se blottir dans l'ombre d'un coureur ? Il faut courir à côté de lui, plutôt. Sans doute parce qu'il appartient à un monde pour lequel Homère est encore le grand instructeur, Alexandre en pleurant de dépit sait ce qu'il en est : il ne veut pas être Achille, mais être dans son temps ce qu'Achille fut dans le sien. Et il ne veut pas ses armes, il veut son inextinguible soif d'excellence. Il veut la course d'Achille.

Mais à ce jeu, Achille sera toujours devant tout le monde. Napoléon suit César, César suit Alexandre, Alexandre suit Achille. Et Achille ? Il court.

Vous avez vieilli, Achille n'est peut-être plus votre modèle. Vous n'avez plus l'âge de croire que la douleur peut être sans mélange, qu'il faut courir, voilà longtemps que vous ne parlez plus aux dieux et vous fréquentez d'autres personnages, car vous êtes en climat tempéré, le grand fracas n'est plus votre musique. Vous avez été archaïque, puis classique, baroque, néoclassique et Achille avec vous. Dans l'éducation d'Achille, vous avez préféré l'apprentissage de la lyre à la consommation de bêtes sauvages. Vous avez pu préférer aussi au langage héroïque de l'*Iliade* le soupir plein de mélancolie que rapporte Ulysse dans l'*Odyssée* : qu'il aurait préféré vivre obscur dans l'antre d'un porcher plutôt que de mourir si jeune couvert de gloire (et vous vous souvenez à bon escient qu'il avait déjà eu ce mot dans l'*Iliade*). Vous ne pouviez d'ailleurs plus fermer les yeux sur le meurtre du jeune Lycaon ou celui de Troïlos, celui des douze jeunes Troyens égorgés sur la tombe de Patrocle ou l'amoureux massacre dont est victime la reine Penthésilée. Hector mourant, subissant encore l'outrage, l'insulte, la menace de ce cœur d'airain, a pu vous paraître bientôt plus noble que lui. Il était moins compréhensible, celui qui n'a rien à perdre, qui brûle tout. Le ciel de Grèce connaissait désormais des lumières plus indécises mais aussi plus douces.

Et vous vous dites parfois, il est temps, que vouloir être le premier, toujours, est un idéal de petit garçon, que peut-être cet idéal a été bien cher payé. Et puis, dites-vous, dans cette course achilléenne que vous avez menée un temps avec la naïveté de l'enfance, il arrive que l'on se blesse, que l'on se torde la cheville et alors on boite le reste de sa vie. Vous avez chuté, peut-être. Or en vous relevant, pour la première fois vous vous êtes dit : à quoi bon ? Il y a eu des moments où la seule image d'Achille que vous aviez encore en tête était le combat de cauchemar qu'il livra contre le fleuve Scamandre : le monde, furieux de vos petits carnages, tâchait de vous noyer dans ses eaux. Mais alors vous ne cherchiez pas seulement à vous sortir de là en hurlant, en prenant le ciel à témoin, écar-

tant le flot à grands moulinets tandis que votre
course s'y enfonçait toujours plus, il y avait pire
que cela : vous vous disiez : c'est bien fait. Rendu
odieux aux yeux du monde à force de courir pour
vous seul, de dévaster, de tout piétiner sur votre
passage, vous avez senti la tentation de vous laisser
couler. Et s'il fallait alors vous réserver un lieu au
séjour des morts, ce ne serait certes pas dans l'Île
Blanche, avec cet Achille dont Apollodore dit qu'il
y jouit pour l'éternité de sa soif de combats.

Il fallait bien un jour que vous l'abandonniez.
D'ailleurs, fatigué de ses successives métamorphoses, craignant peut-être de ne plus se reconnaître du tout ou de frayer avec une société
médiocre, il s'est éloigné de lui-même, a secoué ce
qui l'entravait et vous l'avez regardé partir avec
une pointe de mélancolie comme qui dit adieu,
définitivement, à sa jeunesse.

Ce n'était pas que vous étiez épuisé de courir,
mais le plaisir de la marche, de la promenade, de
la flânerie est désormais bien supérieur, et puis il
faut ralentir et parfois s'arrêter, si l'on veut bâtir.
Mais par une instinctive probité, vous avez préféré
le laisser partir plutôt que de l'enchaîner aux cir-
convolutions de votre existence, l'amadouer de
sucreries psychologiques, lui apprendre à chanter
au lieu de le laisser crier. Vous ne pouviez pas faire
autrement : il arrive un temps où, malgré toutes
ses contorsions, il ne peut plus passer la porte de

34

votre vie. Vous-même, vous ne conversez plus avec les dieux. Adieu, adieu. Il y a, sur votre visage, un sourire triste.

Mais vient ce moment, soudain, auquel personne ne vous a préparé. Le frisson dans une branche de pin, quelques pas, à l'aube, dans le silence, une certaine nuance funèbre dans la lumière du crépuscule. Quelque chose étreint votre cœur et dépouille le monde. Ce n'est pas à proprement parler douloureux, mais c'est nouveau, étrange et vous frissonnez. Or vous n'avez pas même le temps d'attribuer cela à une fatigue passagère ou à des soucis professionnels, quelque chose se découvre et vous ne comprenez plus alors que cela, que peut-être dans un instant vous aurez de nouveau oublié mais qui à ce moment occupe toute votre âme, investit toute votre chair et balaie votre vie : vous allez mourir. Ce n'est peut-être pas tragique, mais l'inaltérable certitude que vous en avez, qu'elle soit sereine ou angoissée, vous jette brusquement, de nouveau, sur le sol archaïque.

Alors vous voyez approcher à grande vitesse une ombre gigantesque, un infatigable coureur. Il est à la fois la jeunesse et la mort. Il ne se porte pas à votre rencontre pour vous demander des comptes, moins encore pour philosopher sur la vanité de toute chose quand au contraire la certitude de la mort plonge toute chose, êtres, paroles, actions, dans un bain d'or. Il ne demandera pas ce que vous avez fait de votre vie, si, depuis que vous avez à votre manière pleuré vous aussi sur son tombeau, vous avez conquis le monde ou simplement rompu des lances, quel fut votre langage dans l'amour et l'amitié, si vous avez été impitoyable, si vous avez su reconnaître ce qui est beau, s'il peut vous compter parmi ses compagnons. D'ailleurs, il ne parlera pas. Ce moment où, de la nuit de la mémoire, il surgit à grandes enjambées n'est pas le temps de l'examen de conscience, mais celui de la mortalité sans reste, sans vêtement, nue, idéale et réelle comme une statue classique. Elle a le visage d'Achille, éternellement jeune d'être éternellement promis à la mort. Elle est d'une pureté presque insoutenable.

C'était donc cela, n'est-ce pas ? La mort promise et sûre, le terme de la course fiché dans son élan. Lorsque vous étiez enfant, rappelez-vous, il y avait dans cet homme, dans ce compagnon rêvé, quelque chose de plus qui vous liait à lui et que peut-être vous ne saviez pas déchiffrer. Quelque chose de plus que sa vaillance, son intrépidité ou même sa beauté. Vous saviez bien qu'il courait plus vite que quiconque — mais vers quoi ? Vous rivalisiez sur le chemin de l'école, le premier arrivé à l'angle de la rue, le premier qui dépasse le lampadaire, là-bas, ou la colonne Morris, le premier qui pousse sa chétive poitrine contre la ligne invisible tirée sur le trottoir ou dans la cour de récréation, celui dont la course épuisera la course des autres, celui dont l'amble le plus fluide exténuera les pas précipités qui le poursuivent en vain. Il ne vous aurait peut-être pas déplu, d'ailleurs, qu'il y eût dans les parages une Iphigénie, une Polyxène, une Hélène. Et vous parveniez, hors d'haleine, au coin de la rue. La tête alors vous tournait, mais il y avait autre chose, ce n'était pas le point de côté, ce n'était pas les jambes soudainement molles ou tétanisées à l'arrêt, ni le souffle court, ni les battements de ce cœur si difficile à ralentir. Inexplicablement la lumière s'était voilée et un demi-crépuscule en pleine journée attristait le monde autour de vous. Attendant les autres, riant, bougonnant ou jurant, tandis que vous les regardiez arriver à votre hauteur eux aussi hors d'haleine, vous vous sentiez — mais vous ne pouviez le dire alors — d'un seul coup bien seul. C'est comme si la vitesse de la course vous avait tout arraché et avait tranché tous les liens, comme si, un instant, vous aviez couru seul pour l'éternité, que cette course éperdue, infinie, vous avait retranché de tout et que, happé par le mouvement, le monde s'était écroulé dans votre sillage. En courant vous avez perdu la vie. Vous avez couru si vite que vous avez réussi à toucher du bout des doigts, de la pointe de l'âme, votre mort future — et cela vous brûle.

Était-ce bien seulement la vitesse ? À un moment, il vous a semblé que cette course menait à l'abîme qui engloutissait le temps lui-même et que dans cette course vous seriez toujours seul, que la voix des autres, *toujours*, vous parviendrait de très loin, que leurs mains ne pourraient plus jamais se poser sur vous, si ce n'est du bout des doigts, à peine un instant, à bout de course. Vous les regardez alors approcher, vos compagnons de jeux, et il vous semble qu'ils mettent un temps infini à vous rejoindre, qu'ils ne parviendront jamais jusqu'à vous et vous laisseront seul pour tout le temps qui reste. Qui viendra vous chercher au royaume des morts que vous avez atteint malgré vous en courant aveuglément ? Qui viendra vous chercher dans cette solitude d'un instant ? Même la mère d'Achille, bien qu'immortelle, ne pouvait rien, si ce n'est un tout petit peu adoucir cette course à la mort et cette grande solitude qui en était l'effet.

Vous comprenez, maintenant que les années ont passé, ce qu'alors vous ne faisiez que deviner, non pas seulement qu'à peine franchie la ligne d'arrivée il faudrait se remettre à courir, encore et toujours, mais une vérité plus grande encore. Il y avait autre chose que le coin de la rue, le lampadaire ou la colonne Morris, autre chose tirait votre course en avant, vous aspirait sans retour. À cet instant, vous *étiez* Achille : c'était une course à la mort.

Si le vertige vous a saisi, vous le comprenez,

c'est que votre vie de petit garçon s'était d'un seul coup épurée dans la course, jusqu'à se faire sentir brutalement, dans toute sa nudité, sans fard, sans voile, à la fois pleine et tragique : vous couriez droit à la mort et ce n'était que cela, tout cela, votre existence. Cette chose, personne ne vous en avait parlé vraiment, personne ne vous l'avait enseignée et d'ailleurs quelle importance, à l'époque quelle importance et vous vous êtes hâté de l'oublier, si jamais vous aviez réussi à en balbutier les premiers termes. Vous vous êtes hâté de retrouver l'Achille-toujours-vainqueur, courant toujours plus vite, toujours glorieux. Maintenant seulement les pieds légers dansent une danse de mort, et il vous revient alors certaines paroles, maintenant seulement vous comprenez cette étrange mélancolie que le ravage, la gloire, la passion, la beauté n'éclipsent jamais. Est-ce l'âge ? Vous relisez Homère et les autres poètes, et partout vous décelez les signes de la mort qui le hante. Peut-être jadis aviez-vous voulu dire d'un mot qui était Achille. Vous pouvez le dire désormais : il est celui qui va mourir. Et pour brève que soit sa vie, l'agonie est interminable, car elle dure toute la vie.

La seule activité de l'Achille de Goethe est de faire construire son propre tombeau, c'est là l'action principale de l'*Achilléide*. Goethe a raison : toutes les actions, tous les gestes d'Achille sont destinés par lui à orner son tombeau et c'est sur son tombeau qu'on lit, comme à même des bas-reliefs sculptés par mille mains de poètes, la grande vie d'Achille. Et c'est dans l'ordre : l'immortalité, pour les Grecs et plus particulièrement pour la gent des héros, est le temps que durent, que demeurent visibles et descriptibles les figures qui ornent leur tombeau. Telle est la vie octroyée aux morts, les Grecs sont étrangers à notre conception de la survie de l'âme et de l'immortalité tout imprégnée de christianisme. C'est pour cela qu'ils révèrent les poètes : leurs paroles font vivre, de leur art dépend la survie de milliers d'âmes, leurs mains retiennent pour quelque temps ce qui autrement croulerait immédiatement dans la poussière de l'oubli. Le tombeau d'Achille, au cap Sigée, est un cénotaphe : c'est dans l'urne de l'*Iliade* que sa cendre se mêle à celle de Patrocle, mais ce n'est pas de la cendre, c'est un corps gigantesque, orgueilleusement paré pour la mort, plus vivant peut-être que nous ne le serons jamais, nous qui détournons si facilement les yeux de ce qu'Achille au contraire fixe intensément.

Vous n'êtes plus si jeune. Vous êtes au milieu, ou à la fin ; l'origine, en tout cas, est bien loin. Si Achille reste muet et se contente désormais de se tenir devant vous comme une ombre un peu mélancolique, c'est vous qui parlez et vous vous parlez à vous-même et vous dites, car c'est le temps : quand donc me suis-je mis à courir et qu'était-ce donc, ce qui me tirait en avant ? Quelle a été ma course ? Et quand donc ai-je quitté, sans m'en apercevoir, l'âge des héros ? Et pour peu que vous fussiez naïf ou un peu enclin, à ce moment, à regretter, vous voudriez revenir là d'où vous vous étiez élancé, recommencer la course, maintenant qu'elle se ralentit et s'ensable ou s'envase. Vous voudriez de nouveau être antique, vous avez faim de soleil brut, faim de l'or, du bronze, du cuir, d'un brasier, de grands cris. Vous voudriez, de nouveau, un grand tumulte, des gestes droits, un monde empli de dieux. Vous voudriez peut-être des choses que vous ne savez plus nommer.

Un soir, peut-être, vous marchez dans un jardin, en proie à cette nostalgie, en proie à l'impuissance. Vous vous asseyez sur un banc de pierre, à l'ombre d'un chêne. Une lumière aquatique filtre des frondaisons et vous comprenez que vous êtes dans le jardin des morts. Alors vous n'êtes pas surpris de voir approcher de vous le fils que vous n'avez pas eu ou que vous pourriez avoir, puisque aux Enfers, c'est Virgile qui le dit, nous ne rencontrons pas seulement les morts mais ceux aussi qui vivront. Vous le laissez s'asseoir à côté de vous. Vous le regardez à la dérobée, bien sûr il vous ressemble, et vous aimez cet air de petit enfant sage

41

et un peu triste. Vous lui dites : je suis heureux de faire ta connaissance. Vous le regardez encore et vous ajoutez : je ne sais pas si tu seras heureux. Vivrai-je longtemps ? Vous lui répondez : Je n'en sais rien, je voudrais que tu vives intensément. Faut-il choisir entre les deux : longtemps ou intensément ? Il y eut jadis, lui répondez-vous, un homme pour le croire. Et l'on dit qu'il eut le choix entre une vie étincelante et brève et une vie obscure et longue. Et que choisit-il ? De vivre vite, de mourir jeune, mais sa vie fut brillante et il ne faut pas croire ceux qui disent qu'il le regretta.

Il vous dira alors : montre-moi cet homme. Vous regardez l'ombre gagner le jardin. Je ne sais plus très bien où le trouver et les Enfers sont vastes, étendus les champs d'asphodèles. Certains disent qu'il séjourne dans l'Île Blanche, il aurait pour femme Médée, ou Polyxène, ou Iphigénie ou même Hélène. Pour d'autres, il livrerait d'incessants combats et serait pour son bonheur sans cesse dans le tourbillon de la guerre et le fracas des armes. Pour Dante, il est au deuxième cercle de l'Enfer. Certains marins, il y a très longtemps, l'auraient aperçu au sommet d'un cap, sur le Bosphore, à l'endroit même où se trouve sa tombe. Ils l'ont vu, disent-ils, dansant et bondissant, tout armé, chantant le péan, se confondant au soleil. Ils disent aussi qu'il se tient là, une lyre dans les mains, et que, pour l'éternité, il chante les vers d'Homère. Mais cette éternité s'éteint.

Ne regrette-t-il pas la vie ? Qui ne la regretterait ? L'as-tu vu, toi aussi ? Souvent lorsque j'étais enfant. Quelquefois maintenant, en de brefs instants. Montre-moi cet homme, demande-t-il de nouveau, je veux comme toi avoir cet homme pour compagnon. Il est poudre, poussière. L'urne d'or dans laquelle ses cendres furent mêlées à celles de Patrocle a disparu. Son tombeau ? Abandonné, ruiné. N'as-tu rien pour l'élever de nouveau ? Des fragments, des débris, des éclats.

Alors il vous dit : bâtis pour moi ce tombeau, à l'aide de ces fragments. Je viendrai y jouer, je viendrai m'y reposer, y rêver. Je regarderai pour m'instruire les reliefs qui en ornent les côtés et qui racontent son histoire. Je verrai son visage. Je lui parlerai. À l'intérieur, à côté de l'urne, tu déposeras des livres, des tableaux, des partitions. Vous répétez : je n'ai que des fragments, des restes, pour bâtir ce grand tombeau et pour donner un visage à Achille. Il vous dit : donne-moi ces fragments.

II

Quelques fragments du corps

(La statue)

Le corps d'Achille n'est plus rien. De la cendre. Allez-vous le composer, de nouveau ? On voit dans Rome, dans la cour du palais des Conservateurs, au Musée capitolin, les restes formidables d'une statue de Constantin : la tête, une main dont pointe l'index, un coude, un pied — le reste a disparu. Dresserez-vous, au tombeau d'Achille, un colosse semblable ? Ou présenterez-vous seulement quelques morceaux et un corps lacunaire ? Cela ressemblera-t-il aux reliefs historiés sur les flancs d'un sarcophage, comme on voit Achille à Skyros, dans une salle du Louvre ?

Le pied, la course

Le premier fragment montre un pied : il courait vite, vous pourriez commencer par là. Ce pied, on le dit (Homère le dit) léger, prompt, rapide, infatigable. Il n'est pas ailé comme celui d'Hermès, il n'est pas magiquement chaussé comme celui de Persée, car Achille ne vole pas mais court, et c'est le pied d'un homme qui court comme un fauve. Celui qui vole ne laisse pas de traces, le pied d'Achille met une empreinte au contraire, une trace dans la mémoire comme sur le sol, une marque de feu, un sillon de sang. Un pied qui court comme court la flamme d'un incendie.

Achille est dit aux pieds légers. Mais on peine à comprendre, d'abord, cette insistance, l'épithète homérique, et pourquoi il faudrait y connaître une qualité héroïque, que d'ailleurs, quand le temps d'Homère aura passé, on ne vantera plus guère que pour des exercices de mathématiques ou de philosophie. On vante la rouerie d'Ulysse, le courage et la force du grand Ajax, la puissance d'Agamemnon et voici qu'Achille, le premier d'entre tous, est glorifié pour être le plus rapide et le plus endurant à la course. Courir vite, est-ce bien une qualité de prince ? Elle ne paraît guère sublime, peut-être, qu'à quelques athlètes de haut niveau et à quelques petits garçons. Certes la vitesse n'est pas celle de la fuite mais celle de la poursuite prédatrice et lorsque le monde est une guerre, que les valeurs qui distinguent le héros sont trempées au sang et inscrites sur des fourreaux, courir vite a un sens, qu'Achille expose très clairement à la fin de l'*Iliade,* lorsque sa course inlassable vers Troie, autour de Troie, bouscule, renverse, dévaste, épuise le courage même d'Hector fatigué d'être pris en chasse. Le pied léger est l'arme la plus épurée, et peut-être la plus violente, car c'est le cœur des autres que la course arrache, le corps nu sans instrument, la vertu de ce corps : grâce, force, vitesse, mouvement. Une arme qui surpasse même les armes forgées pour lui par Héphaïstos, celle du corps vivant et carnassier, moins maniable encore par les autres, moins appropriable que la lance de frêne ou le bouclier-monde.

Les pieds légers, dit Nietzsche dans le *Crépuscule des idoles*, sont le premier attribut de la divinité. Il entendait sans doute un pied qui danse autant qu'il court ; il entendait surtout que le dieu en nous se mesure à cette légèreté, qui n'est jamais apesanteur pourtant, et qu'il arrive qu'on le reconnaisse fugacement, quand, au milieu des pieds de plomb, des corps pétrifiés qui composent la forêt humaine, un homme s'arrache, tout vibrant, et se met à courir, enjambe les tombes qui peuplent le monde comme il va, entraîne dans sa course une vie enfin vivante, et grande, allègre et tragique, qui brûle comme une flamme. Son pied n'est pas une racine ; le sol, il l'effleure et l'incendie. Nos pieds, la plupart du temps, nous fichent en terre, nous portent moins qu'ils nous retiennent, nous sommes des statues, des stèles plutôt, nos pieds nous mènent droit et de notre vivant dans l'engloutissement du repos. Nous disons : ici, chez moi, mon lieu, ma patrie, ma terre ; nous nous y tenons, nous y tenons et nous nous y enfonçons. Nous avons hâte de prendre racine et de faire souche. Nous ne voulons plus bouger, de crainte d'avoir mal aux pieds, nous sommes épuisés avant même de courir. Notre pied s'enfonce, et toujours plus, toujours plus immobile et pesant, et nous entraîne toujours plus profondément dans la terre qui finira par nous recouvrir. Nous sommes Daphnée, poursuivie par Apollon, le dieu léger et brûlant, et qui vite, vite, prend racine, quand le dieu va nous étreindre, nous nous hâtons de nous enraciner de crainte que cet embrassement nous brûle. C'est un beau tour, peut-être, que Daphnée joue à Apollon, de se faire laurier, arbuste, arbre, pour lui échapper. Mais qui est joué ? Qui perd au jeu ? Le dieu, sans doute perd une proie, mais désormais nous sommes immobiles et de bois.

Or il en est un, et c'est Achille, qui battrait les dieux eux-mêmes à la course, et fait la course en tête, comme on dit, un qui ne veut pas s'arrêter. Et certes ces pieds légers sont aussi ceux qui piétinent et détruisent, menacent le monde et jusqu'aux dieux. Rien ne tient au vent de cette course. Ce pied-là, pied de guerre, n'est pas fait pour fonder, mais desceller. Et tous peinent à le suivre, et même les meilleurs, et même les poètes dont il semble qu'aucun n'eut assez de *souffle* pour le suivre du début à la fin, pour parcourir en entier cette vie ventre-à-terre, éperdue, infatigable : Stace meurt en cours de route, au milieu de son *Achilléide*, Goethe abandonne la sienne, chacun ne saisit qu'un fragment, comme si ce divin emportement qui mène vers les dieux et renverse tout sur son passage ravageait l'écriture elle-même, pulvérisait comme une tempête les patients édifices bâtis pour sa gloire. Sa course déchire la feuille, brise la tablette, fracasse le marbre et laisse derrière elle des débris de poèmes, des pans de tragédies, des romans inachevés — un incroyable monceau de ruines semées dans la littérature : un livre sur Achille ressemble à un lapidaire.

Ainsi, villes, amours, langage, hommes et femmes, littérature, cette course a raison de tout et du coureur lui-même, car elle mène droit vers la mort. Mais c'est aussi cela qu'il chasse : sa propre mort, comme le terme de la course. Il va si vite qu'il franchit le monde et entre en courant, tout armé, chez les morts, bousculant même les dieux. Achille est pressé de mourir, il court vers l'immortalité et il n'a pas le temps. Le choix qu'il fit d'une vie courte, ardente et glorieuse, plutôt que d'une existence longue et obscure, l'a jeté dans la course, en a fait le prompt Achille et sa beauté est celle de la flamme vive et destructrice, pour laquelle toute étape, tout repos, tout arrêt est un sursis. Ce n'est pas en vain que, pour l'abattre, Apollon justement visera de sa flèche le pied, le talon, ce qui toujours maintient la vie en mouvement et qui entraîne à la mort. Le seul mérite de l'affreux tableau de Rubens qui en décrit la mort est de le représenter comme s'il trébuchait, dans le seul faux pas, mais fatal, qu'il aura fait dans sa course. Et même mortellement blessé, Quintus de Smyrne nous le décrit courant encore, hurlant contre les dieux, massacrant, dans une mort de bête sauvage, mais plus encore tournoyant dans une apocalyptique déflagration, comme une boule de feu qui roulerait sur elle-même à vertigineuse allure et menacerait d'incendier l'univers dans son agonie.

Énée a beau dire qu'un dieu suit tous ses pas, on peut bien dire aussi que c'est la mort qui est sur ses talons, qu'elle est à son talon, seul point vulnérable dans ce corps invincible, mais vulnérable parce que la vie y tient, qui n'est que de courir. La légende de Thétis plongeant Achille dans les eaux du Styx en le tenant par le talon est tardive, elle n'est connue ni d'Homère, ni des autres poètes du Cycle, et ne fait son apparition que chez les Latins. Pour les Grecs de l'époque d'Homère, c'est dans le feu qu'elle le plongeait, comme elle y plongeait tous ses enfants, pour en brûler les parties mortelles. Un petit os, au talon, fut réduit en poudre par la flamme et son père, ayant *in extremis* arraché du feu Achille enfant, le remplaça par un morceau de corne : ce petit os, c'est sa tombe tout entière, un fin blason d'ivoire pour marquer dans le corps l'emplacement de la mort qui toujours loge en nous. On dirait qu'à chaque extrémité de ce minuscule bout de corps la vie et la mort tirent chacune de son côté, mais en réalité la mort est partout : à son talon et devant lui, elle est dans le pied de la course, qui est un pied dans la tombe, non pas comme l'insidieuse gangrène qui ronge la jambe de Philoctète, mais comme un éclat obscur fiché dans le corps vivant, par où pénétrera la flèche du soleil et embrasera ce corps pour jamais.

Le pied léger est d'homme et d'animal, le pied d'un dieu et une patte de bête de proie, patte de guépard, de lion, de loup. Achille poursuit dans la plaine de Troie et mène carnage dans le troupeau humain, comme, enfant, il poursuivait les biches dans les forêts du Pélion, sous le regard du grand Centaure, sous celui, si l'on en croit Pindare et Catulle, d'Artémis Chasseresse elle-même, riant, rugissant, traquant, soufflant, inlassable, à demi sauvage, jetant sa course dans la course de la bête, l'épuisant. Le monde, pour Achille, est une grande chasse sous le regard des dieux. Il chasse sa propre gloire, que son impatience tragique, enfantine, poursuit sans perdre haleine. Il poursuit la vie immortelle, et c'est Homère lui-même qu'il poursuit, afin de se jeter, tête la première, pour vivre encore, pour vivre toujours, même mort, dans la parole des poètes. Qu'on dise son nom et il vivra, bien plus, bien mieux que dans le songe évanescent de la vie obscure, où l'on meurt pour toujours et tout entier. Il faut entrer tout vif dans la parole, à quoi tient la vraie vie durable, « ou ne laisser aucun nom et mourir tout entier » : ce n'est qu'à cette condition qu'il a accepté de courir et s'est jeté dans la vie rapide. Il rirait sauvagement à cette question timide de savoir ce qui le fait courir, ce qui nous fait courir, cette question que nous formulons toujours du fond de notre fatigue ou de notre lassitude. Et toi, pourquoi cours-tu ? Est-il si loin, le temps où tu bondis pour la première fois, que tu ne sais plus si ça en vaut la peine ? Es-tu si las, si vieux, si sage que tes pieds sont devenus de plomb ? Préfères-tu ramper ? Préfères-tu même déambuler, divaguer, piétiner ? Je suis déjà loin et toujours au début, je ne suis jamais fatigué. Ma course happe la vie, la dévore, l'emplit, l'anime de feu et de sang : je suis vivant.

Car cette course, c'est la vie elle-même, la vie pure, dénudée, pur mouvement, et le pied léger, c'est le corps absolument vivant, ramassé en un seul point, pour bondir, s'élancer, courir. L'arrêt de la course, c'est la mort ; le repos, c'est la mort : tous les anciens Physiciens le savaient. Avant d'être frappé au pied par la flèche d'Apollon, celle de ce Pâris qui n'avait des jambes que pour fuir, Achille connut une seule fois l'étranglement de la mort et c'est lorsque le Scamandre, dans les eaux duquel il s'était jeté afin de poursuivre son carnage, a ralenti sa course et tâché de le happer. Le flot s'enroule alors autour du pied plus encore qu'à la gorge, comme les serpents marins autour du corps de Laocoon, il freine la course, l'envase, la submerge, lui oppose une force obstinée et meuble qui absorbe le mouvement, Achille étouffe de se ralentir. Mais sa rage de poursuite l'arrache une nouvelle fois à l'immobilité mortelle dans un tourbillon plus puissant que le tourbillon des eaux, il s'extirpe comme pour renaître, il court encore, plus enragé de vivre que jamais. La pesanteur du monde est un flot qui guette notre course, les eaux du monde nous font un vêtement de pierre avant de nous engloutir, et dans ce vrai combat, Achille n'est pas celui qui traverse la mer à pied sec, encore moins celui qui marche sur les eaux, mais celui dont le pied, léger, puissant, infatigable, rompt les eaux : il faut courir pour ne pas couler, quand la tentation est grande de céder à la gravité, de sombrer botté de marbre, de dire : je suis fatigué, et c'est toujours un peu notre mort que nous épelons dans ce mot.

Pourtant, dira-t-on, il faut bien que le mouvement se freine, il y a la résistance du monde et tout est voué à devenir pierre et pas seulement, pas d'abord, poussière. Et Achille l'éprouve, cette résistance du monde, comme on le voit avec le fleuve Scamandre, mais cela aussi il le vainc. Pur miracle ? Mais la vie est ce miracle renouvelé de parvenir toujours, ou pendant un temps, à bondir hors du flot, jusqu'à ce qu'une fois le flot se fasse trop puissant et alors nous sombrons. N'est-ce pas la loi, qu'il faut bien que le mouvement dégénère ? Mais Achille est la vie pure, dont nous n'avons, nous, que des fragments et c'est pour cela que nous sommes étincelants par moments seulement et par intermittence. Lui ne connaît pas de loi d'entropie, ne vieillit pas, ne ralentit pas : c'est la raison pour laquelle il fera toujours la course en tête.

Mais, c'est la loi, en courant si vite, ne rac-courcit-on pas dangereusement le terme ? Ne pré-cipite-t-on pas la fin ? Eh oui, nous pouvons faire de petits pas et non de grandes enjambées, nous pouvons même reculer à force de nous ralentir : une vie longue, à pas mesurés et comptés, et l'illu-sion de tromper le temps. Une fois pour toutes Achille a choisi de courir vite, de courir si vite que souvent la mort elle-même est dépassée, qu'il la traverse comme une flèche pour en sortir plus couvert d'or encore. Nous mourrons à force de ne pas vouloir mourir, il vit de courir vers la mort. Quand elle nous approche, lui s'en approche en poussant de grands cris. Voulez-vous être arbre, pierre ? Quelqu'un vous abattra, quelqu'un vous roulera. Ou animal, bête de proie, dieu, flamme, orage ? Voulez-vous vivre ? Mais comment ?

Mais quoi ? Pourquoi cette agitation ? Pourquoi cette ivresse de sans cesse courir, ce mouvement perpétuel et infécond qui ne vise à rien d'autre que d'être encore, et encore, et encore mouvement et puis c'est tout, cet activisme ? Il soulève la poussière — et la poussière retombe, vain mouvement. Un peu de sagesse ne lui ferait pas de mal. Notre vieille sagesse ne connaît plus que le repos mortel ou le vain affairement, elle ne comprend pas à quoi rime cette course : on ne court plus pour la gloire que dans les stades, encore est-elle, cette gloire, en espèces sonnantes et surtout *trébuchantes*. Ou bien l'on se fait moraliste : avec un brin de condescendance, on peut alors parler de la vaine gloire d'Achille, de cet enfantillage qui consiste à courir après une ombre. Mais cette ombre, c'était toute la vie, et la seule vie immortelle, pour qui faisait confiance à la mémoire des hommes, à leur art, à leur parole, pour qui n'avait pas inventé encore des arrière-mondes qui rendent le monde exsangue, pour qui *n'attendait pas*.

Mais quel but ? Il faudrait bien que cette course menât quelque part, on ne court pas pour courir, n'est-ce pas ? Ce n'est pas qu'il faille ménager ses forces, certes non : nous ne sommes pas si vieux, nous savons les dépenser, mais Achille est un effroyable gâchis de force, une dépense somptuaire, et le temps est à l'économie. La dépense à perte nous indigne, la course à l'abîme nous glace. C'est avec une secrète jouissance, une tacite reconnaissance que nous écoutons Achille, dans l'*Odyssée*, regretter devant Ulysse non seulement la vie, mais le choix de cette course folle. On peut dire que la sagesse lui est venue sur le (trop) tard, mais tant pis ou plutôt tant mieux, et certes, ce n'est pas Ulysse, le prudent, à qui on pourrait reprocher pareille bévue fatale. On feint, dans cet aveu, d'y trouver un éloge de la vie, et de la vie simple (en quoi d'ailleurs est-elle plus simple, cette vie de porcher, qu'Achille selon Ulysse aurait voulu avoir ?), mais on se réjouit surtout qu'Achille soit devenu raisonnable et qu'il ait bien compris que rien ne sert de courir ou alors que si l'on court, c'est pour arriver quelque part et si possible arriver là d'où on est parti. Qu'il ait pris un peu de plomb, et plutôt dans l'aile du pied que dans la cervelle.

Tous font des cercles, Achille court droit devant lui. Les propos amers, les regrets que l'on vient d'évoquer appartiennent à l'*Odyssée* — et non pas à l'*Iliade* — qui raconte comment un homme voulut rentrer chez lui. Il ne faut pas s'étonner ainsi de ce qu'ils soient rapportés par Ulysse. La vie d'Achille est une flèche, quand celle d'Ulysse est un cercle. On ne la trouvera pas, cette vie, dans les *Nostoi* d'Agias de Trézène qui racontaient le retour des héros après la destruction de Troie — et pour cause : Achille y est resté, comme on dit vulgairement. La course d'Achille l'a mis à l'écart, à part des autres qui tous, plus ou moins, pour animés qu'ils soient d'un même désir de gloire, d'un même orgueil, d'une même sauvagerie ou d'une même cupidité pour laquelle ils mettent de leur plein gré leur vie en péril, ne rêvent pas moins de *revenir*. Tous parlent du retour, glorieux ou piteux : il arrive des moments où ça n'importe même plus. Et l'*Odyssée* raconte comment un homme veut vivre, à tout prix, et rentrer chez lui, avec un acharnement, un entêtement d'animal qui nous touche parce que notre vie est un acharnement à vivre. Vivre et revenir, c'est tout un : dans ce monde-là, qui est déjà le nôtre, c'en est fini des trajectoires de comètes. L'*Odyssée* incurve l'élan achilléen de l'*Iliade*, l'infléchit : il faut revenir, il faut revenir maintenant. La courbe du trajet, c'est la vie qui fait désormais le gros dos. Allons, reviens, entend-on, une vie d'homme, ce n'est pas seulement partir. Oui, je reviens, je reviens, et tout cela est folie, et pourquoi, pourquoi suis-je parti ? Ulysse concentre à lui seul toutes les variations sur l'espoir du retour, qui viennent à l'âme et aux lèvres de chacun des héros tour à tour, tous les doutes sur la folie de courir. Les combats les plus furieux, les plus périlleux, se déroulent autour des bateaux achéens, qui sont des promesses, des ponts de bois vers le chez-soi, quand l'ennemi menace de les incendier. Plus précieux que la gloire même est l'espoir du retour, qui a la courbure d'une coque, le rostre qui doit tailler la mer en sens inverse. Ils ont un père, une femme, des fils, une cité, un royaume, des troupeaux et des cavales, un fleuve où ils veulent se baigner de nouveau, la fraîcheur d'un palais, une coupe familière où boire, un arc que seuls ils peuvent bander et qui s'empoussière de les attendre, un chien fidèle ou même une épouse infidèle qui les attend la hache à la main, vers quoi leur âme revient au moment du désarroi, quand la guerre s'éternise, ou au moment de tension, quand la mort est prochaine : ils veulent rentrer.

La nostalgie n'est pas étrangère à Achille : c'est *l'espoir* qui lui est parfaitement étranger. Il sait que le retour lui est interdit et qu'il court en ligne droite. Que chaque pas qu'il fait l'éloigne irrémédiablement de l'origine, que jamais sa course ne s'incurvera, que la route est barrée de Troie à Phtie, qu'il dilapide dans la course toutes les forces que d'aucuns gardent pour le retour, comme d'un bateau encore on jette tout par-dessus bord, pourvu qu'on accélère sans songer à regagner le port. Même Hector, laissant Andromaque aux portes Scées avant d'affronter Achille, garde l'espoir vraiment insensé de la retrouver dans ce monde. C'est pour cela que, la plupart du temps, il nous touche plus qu'Achille. Il a à perdre et veut conserver, il a à défendre, lui aussi veut revenir à l'intérieur de Troie, il ne veut pas courir si ce n'est pour revenir. Achille, lui, sait que sa présence est liée à l'interdiction du retour. S'il lui arrive de négocier (une fois) avec le destin, ce n'est certes pas pour en rejouer le terme, mais pour l'atteindre glorieusement, hautement : laisse-moi courir plus vite, que cette vie soit une flèche d'argent, que je me fiche bien au centre de la mort. Je veux bien, pour cela, me faire toujours plus léger, tout perdre, tout laisser (mais pour personne), j'irai plus vite encore. Tous les autres font des cercles.

La légèreté du pied, c'est ce qui d'ordinaire nous le rend hésitant : de savoir qu'il ne nous ramène pas chez nous. Et, d'ordinaire, même ceux qui partent pour ne plus revenir portent leur maison sur le dos et vont d'un train d'escargot. Les impedimenta les plombent. Qu'il s'agisse de revenir, c'est encore pis : quand les Achéens entassent les rançons, ce sont des provisions pour le retour, mais le butin qu'Achille rassemble et pour lequel, semble-t-il, il va jusqu'à combattre ses propres alliés, n'est rien, absolument rien, déjà consumé au feu de la course — et pourquoi se charger ? Platon a tort de s'indigner de la cupidité d'Achille : la soif de l'or, du butin, de la dépouille n'est qu'une soif de gloire, c'est le tribut que lui verse la juste renommée, la part matérielle de l'immortalité. Dans les grands plateaux d'airain, c'est le poids de son nom qu'il pèse, le reste est encombrant, n'est rien. Il se dépouille de tout pour courir et la course le dépouille de tout. Peut-on faire alors propositions plus absurdes que celles d'Agamemnon qui, pour apaiser la fureur qu'il a lui-même provoquée, propose à Achille des trépieds, des chevaux, des troupeaux, des terres, des villes, une épouse ? Qui veut courir vite, chargerait-il cela sur ses épaules ? Qui ne peut pas revenir, gagerait-il sa course sur une terre qu'il ne verra jamais ? Catilina, dit-on, livrant la dernière bataille, sans espoir de survivre, commença par tuer son cheval avant de se jeter la tête la première dans le combat. Certains brûlent leur navire. Peut-être vous en souvenez-vous, il y eut un jour où vous avez brûlé barcasse ou vaisseau de ligne. Ce jour-là, Achille a dû vous sourire et son sourire était terrible.

Mais une fois, de lui-même, il cessa de courir et cette station est le sujet de l'*Iliade*. Le coup de génie du poème, c'est d'avoir saisi l'homme-qui-court à l'arrêt : c'est dans ce temps inerte que loge la première apparition d'Achille. On s'attendrait à le voir debout, décrivant du poignet de furieux moulinets, courant, sautant, hachant, hurlant, mais Achille *aux pieds légers* est assis et immobile. Or ce n'est pas tant que le langage doit fixer ce qui est mobile pour le représenter, comme la photographie ou la peinture — et plus encore, dans la philosophie, longtemps le langage servira à immobiliser —, ce n'est pas tant qu'Homère devait un instant, par quelque ingénieux procédé, arrêter Achille pour nous le présenter : le risque, auquel ont rarement échappé ses successeurs il est vrai, aurait été alors de le présenter en marbre, par l'image toujours déceptive qu'offre une statue représentant un homme qui court. Non, si procédé il y a, il consistait à faire sentir le mouvement dans sa négation : la course d'Achille est contenue, retenue, et de fait plus puissante et plus effrayante encore. Neuf ans, il a couru devant Troie et a tout fauché dans sa course, et avant même d'aborder ce rivage sa course l'avait emmené — il ne tenait pas en place — ravager toutes les villes alentour, et puis, d'un seul coup, il s'est arrêté. D'ingénus commentateurs ont reproché à Homère, prisonnier de ses fameuses épithètes, l'image contradictoire, la maladresse stylistique d'un Achille « aux pieds légers » immobile. Que n'ont-ils vu que ces pieds trépignent, que le repos imposé est encore la marque d'une course éperdue, que l'épithète demeure comme une boule d'énergie contrainte et prête à se libérer, accumulant la force de la rage, se bandant comme la corde d'un arc. Bien avant Breton, Homère invente l'explosante-fixe comme le signe d'une beauté insurpassable et il la nomme *colère*. Et cette colère est effrayante, justement, à la mesure du mouvement qu'elle concentre. Il est terrible, l'homme dont la course violente est désormais dans l'âme, terrible le calme apparent, même l'apparente langueur que l'immobilité de cette bête nourrit en se ramassant sur elle-même. La course est derrière lui — neuf ans de guerre — et elle est devant lui, vers laquelle tend tout le poème : le moment où Achille se lèvera et bondira de nouveau, d'un bond décuplé par l'attente, la tension, la rage ; toute l'âme agitée, concentrée, va libérer sa folle énergie et alors elle sera insurmontable. L'éruption se prépare.

Par ce temps immobile, on dirait pourtant qu'Homère s'est fait l'un de ces éléates qui niaient la réalité du mouvement en le décomposant par instants fixes. Mais en réalité, personne plus que lui n'affirme avec autant de force, par Achille, l'absence de repos qu'est la vie vivante, le flux, le mouvement, ne serait-ce que par l'inquiétude que ce repos engendre. Montesquieu fait reproche aux historiens romains de jeter des fleurs sur leurs héros (seraient-ils de fieffés scélérats), de les habiller en mots de riches ornements — mais Homère, dit-il, donnait simplement, et l'art sublime tient à cette simplicité, à voir les siens *en mouvement*.

Alors il se passe quelque chose — mais *au dehors*. Et peut-être Homère inventait-il la littérature en même temps que le hors-champ. Hors de la tente d'Achille, on s'empoigne, on s'égorge, on s'insulte, on triomphe, on succombe, on succombe surtout, pour dire le vrai. La course au massacre et à la mort continue. Mais le drap de tente qui sépare Achille du temps du combat est épais, le temps ne le traverse pas ou, le traversant, s'immobilise, s'englue, cède le pas à l'inertie de l'âme boudeuse. Il faudra vingt chants pour qu'Achille de nouveau se jette dans le tourbillon, pour que le mouvement s'arrache à l'engluement, vingt chants pour s'élancer et pendant ce temps le mouvement fait du sur-place et tourne en rond : on avance, on recule, on enfonce, on repousse, et puis encore. Celui-là a quitté le jeu. Et c'est cela qui menace le monde : que tout s'immobilise, parce que celui qui mène le jeu, sans lequel il n'y a pas de jeu, rompt en visière, c'est le cas de le dire, et furieux du monde rétréci qu'on lui impose dit : je ne joue plus. Lorsque les éléates, et Zénon d'abord, auront réussi vraiment à immobiliser Achille pris dans les rets de leur paradoxe, alors qu'aucun guerrier n'avait su l'arrêter, lorsqu'il se trouvera définitivement englué dans les mots et le jeu d'une pensée en haine de l'instabilité, c'en sera fait du monde. Ils le sentent bien, ses compagnons, dont leur sempiternelle requête, leurs incessantes objurgations, ne visent qu'une seule chose : que tout se remette en mouvement, et l'on dirait des fourmis (myrmidons) qui s'arc-boutent pour mouvoir un rocher, mais le repos est aussi obstiné que la course parce qu'il en procède. Certes, ceux qui occupent le terrain, pendant ce temps, sont grands et même sublimes, mais tous, à ce jeu, laissent en creux apparaître l'absence d'Achille : le monde attend. Ce ne sont certes pas des seconds couteaux, mais ils courent moins vite, ils avancent et reculent — et certains tombent.

Mais il fallait bien que cette course s'arrêtât définitivement. Le monde est puissant, Achille n'est pas un dieu. Excepté le romantique coup de canif de Kleist dans la légende, qui fit du héros la victime presque consentante de l'Amazone Penthésilée, on s'accorde à dire qu'il acheva sa course dans le temple d'Apollon Thymbréen, ou alors sur le champ de bataille, au pied des portes Scées, en tout cas percé au pied léger de la flèche d'Apollon, ou de celle de Pâris guidée par le dieu, peu importe finalement, car ce pied léger devint de marbre et coula le corps tout entier au fond des Enfers, et le monde, désormais, n'est plus emporté. Peut-être aussi l'histoire eut-elle raison de lui, qui, à force de lui mettre sur le dos des déguisements de plus en plus ridicules et de plus en plus lourds, finit par fatalement l'appesantir. Après vingt-cinq siècles de course, une armée de plumitifs, de barbouilleurs et de croasseurs emperruqués accrochée à son talon parvint à faire ce que l'armée troyenne ne réussit jamais : il est arrivé au XXe siècle vraiment essoufflé.

Mais de toutes les morts d'Achille, celle que lui réserva la philosophie fut sans doute la pire, qui le pétrifia vivant en cisaillant sa course de petits instants statiques : le grand tueur d'Achille, c'est Zénon d'Élée. C'est lui qui le tortu(r)e jusqu'à la fin du temps. Il mit d'abord Achille, qui enfant essoufflait la biche à la course, en rivalité grotesque : la tortue devint son pire ennemi, le seul être qu'il serait condamné à ne jamais rattraper. Puis il jeta l'animal encoqué de lenteur à quelques pas devant et donna le signal du départ. Et allez. Achille s'élance, un pas, un demi-pas, même pas peut-être, suffit bien sûr à enjamber le rampant, mais l'enjambée ne se fait pas, au lieu de ça une miette de mouvement, une rognure dérisoire, et un interminable cauchemar commence dans lequel la course jadis légère ronge sans fin un intervalle devenu divisible à l'infini : Achille a beau faire, un affreux mixte de physique et de métaphysique décompose sa course. La tortue pour l'éternité caracole petitement devant Achille immobile à grands pas : la distance qui les sépare, mathématiquement, est inépuisable, puisqu'un segment peut se diviser à l'infini, il y aura toujours un reste, infime, infinitésimal, mais suffisant pour noyer la course mieux que ne pouvaient le faire les eaux du Scamandre. Une carapace de tortue, dont les écailles s'appellent nombres et concepts, étouffe froidement ce qui palpite. Une dérision de nain. C'est ainsi que la pensée se venge de la vie.

La seule consolation d'Achille aura peut-être été que Zénon, en bon parménidien toujours en haine du mouvement et du temps, par semblable paradoxe figea aussi, comme on sait, le vol de la flèche, puisqu'elle est immobile à chaque instant de sa course. Ce qui, à regarder l'ensemble, pourrait donner cette image : Achille pétrifié, offert à jamais à la pointe d'une flèche qui, elle-même, éternellement n'en finit pas d'essayer de l'atteindre. Jamais tué mais plus jamais vivant (courant), il n'est pas sûr qu'il y gagne finalement. Il n'a plus qu'à attendre qu'un philosophe le délivre de ce maléfice, se mette à croire au temps, admire ce qui palpite et toujours fuit.

La chevelure

Du pied à la tête, vous parcourez rapidement tout ce corps qui court pour saisir la chevelure au vent, car c'est d'elle qu'il faut parler ensuite. Son visage, bien sûr, a mille traits et réclame seulement

d'être absolument beau, et de fait a les traits de
l'époque : le profil grec, géométrique silhouette
sur les flancs des lécythes ou des cratères, s'est bien
amolli, puis resserré, peut-être même poudré, inutile d'y revenir — mais la chevelure solaire est
l'invariant nécessaire de ces métamorphoses successives. Il est probable qu'on la voyait de loin,
qu'elle claquait comme un étendard, qu'elle était
le contraire de la blondeur séraphique, même si
elle est aussi stéréotypée, parce que entre l'âge
homérique et le langage qu'épelle l'art chrétien, il
n'y a aucune mesure commune : Achille n'est pas
un ange, c'est le fils d'un dieu. La blondeur, seul
signe qu'Achille partage avec le lâche Pâris, veut
dire : beauté. Et cette beauté signifie : force, athlé-
tisme, puissance, gloire, arrogance, divinité. C'est
la parure unique de la grande vie. Car c'est par là,
aussi, que la vie tient, qui ne tient qu'à un cheveu :
le pied léger court à la mort, la chevelure accroche
le scintillement de la vie. L'or des cheveux
accroche le sang, la sueur de l'effort pour tuer, la
poussière du carnage, la cendre funèbre. Pureté
virginale ? Au sens seulement, alors, d'une farouche
et inviolée liberté, au sens où est éternellement
vierge celui qui est depuis toujours promis à la
mort, qui est un holocauste, au sens où rien ne
s'agrippe à cette chevelure, pas plus la main cap-
tieuse que la main belliqueuse, au sens où elle
brûle la main de qui la touche, sauf lorsque cette

main est celle d'une déesse, ou qu'elle est celle d'une mère qui est aussi une déesse, ou bien encore lorsqu'elle est celle d'Achille lui-même et alors il la coupe. Par deux fois, en effet, la main qui saisit cette chevelure interrompt la venue de la mort, une fois au contraire elle la scelle.

L'un des plus beaux gestes, peut-être, fugace, qu'évoque l'*Iliade* se trouve tout au début du poème. Dans la fameuse querelle qui éclate au sujet de ce bien précieux qu'est une femme, Agamemnon pousse loin l'impudence et lui aussi, mais à force de bêtise et de suffisance, passe bien près de la mort. Une insulte de plus, de trop, un ricanement, une rodomontade, un outrage. Agamemnon déclare : « Je viendrai prendre en ta baraque la belle Briséis, ta part, à toi, pour que tu saches combien je suis plus fort que toi. » Alors Achille met la main au pommeau de son glaive.

Il faut imaginer un suspens de quelques secondes, à peine : la mort est impatiente mais le paroxysme de la fureur connaît un imperceptible point d'équilibre et d'attente avant de ravager. La provocation résonne encore dans ce silence. On ne sait si les autres chefs qui, atterrés, entourent les deux héros comprennent à cet instant que l'un va tuer l'autre, mais une immortelle, elle, le comprend. Celle qui jadis contemplait avec admiration le petit garçon poursuivre les biches dans les forêts du Pélion, celle aux yeux de chouette, Athéna

68

se porte merveilleusement vers lui. Achille a déjà à moitié sorti l'épée du fourreau, il bout de colère, il va frapper et ne sait pas qu'un dieu est dans son dos, que ne verront pas les autres.

Alors elle a ce geste souverain, et peut-être maternel, familier, délicat : elle pose la main sur les cheveux du jeune homme, une main immortelle s'enfonce dans l'or souple des mèches, elle le retient. Sentant cette main, il interrompt son geste, se retourne, la voit et lui seul la voit, et si ses mots sont encore pleins de colère, il remet pourtant l'épée au fourreau et l'Atride vivra encore un peu, le temps de mettre à sac, de se baigner dans l'or, le sang et le feu de la ville, avant de baigner dans son propre sang sous un coup de hache conjugal.

Bien sûr, lorsque les hommes, toujours plus vieux qu'Homère et Achille, auront cessé de voir des dieux, que, se croyant dessillés, ils n'auront plus d'yeux que pour les affaires humaines et les lois de la nature, ils mettront de la psychologie et des idées en place des immortels : ils diront alors que la *Sagesse* a prévalu, que la prudence a retenu Achille qui ne fut pourtant jamais prudent, qu'un mouvement contraire et raisonné de l'âme lui fit finalement remettre l'épée au fourreau, qu'Athéna donc est une idée, un sentiment, un avis, et que, lui parlant, c'est à lui-même ou à son âme emportée que parle Achille. Alors ils auront échangé contre la monnaie des idées ce geste si précieux d'une main prévenante qui apaise et doucement retient, qui émerveillait encore suffisamment le poète pour qu'il lui fasse droit dans une querelle de soudards ; ils auront troqué en demi-savants le mouvement des corps contre leur connaissance supposée de l'âme ; et la chevelure d'Achille ne recevra plus cette divine et maternelle pression. Les cheveux d'une tête mortelle ne pousseront plus leurs mèches sous la main des immortels, ils pousseront leurs racines vers le bas, la terre qui tout absorbe. Les hommes auront cessé de tenir par les cheveux à la vie divine, en vain leur flamme s'élèvera vers le ciel : elle ne viendra plus lécher et frôler l'immortalité. Ils sont rares, désormais, les moments où vous pouvez reconnaître dans la brise qui se prend dans vos cheveux ce souffle, cette main.

Dans cette chevelure se joue le jeu de la vie et de la mort — un autre geste, réellement maternel cette fois, le montre. La flotte achéenne parvient aux rivages de Troie, dix ans de tuerie vont commencer. Il revient à Achille, bien sûr, le premier d'entre tous, de mettre le premier sur le sable un pied léger devenu pied d'airain. Il se ramasse comme un fauve, il a dans la main toute la violence de la guerre, la pique donnée jadis à son père par le Centaure et que lui seul peut manier, le souffle du ravage, le mugissement effrayant, ce cri qui à lui seul fige l'ennemi de terreur, dit-on. De même que chez les Stoïciens le monde pour sa conflagration se ramasse sur lui-même, de même qu'il y a un instant avant l'orage où le ciel tout entier se concentre en un point de la terre et devient plus compact que la matière la plus dense, de même l'énergie de la guerre se contracte et se fait corps, corps d'Achille, arc bandé à se rompre.

Or une main saisit la chevelure, c'est la main de la mère. Car Thétis sait ce qu'aucun ne sait, que le premier à mettre le pied sur le sol de Troie mourra. Alors elle le retient par les cheveux, et c'est l'infortuné Protésilas qui recevra le coup à sa place. Puis les doigts maternels se desserrent et Achille plonge dans le tourbillon qui mettra dix ans à l'engloutir, lorsqu'il n'y aura plus de main assez puissante, assez amoureuse, assez tendre pour retenir la vie par les cheveux. Nous mourons de ce relâchement, peut-être, nous mourons à coup sûr, lorsque nous ne sentons plus dans nos cheveux le tact léger de l'amour et tout notre corps s'en va à l'abîme de n'être plus retenu. C'est ce qui fait que par un obscur instinct, plus sûr pourtant que celui même de respirer, nous cherchons la main sous laquelle glisser notre visage. Si ce geste nous impatiente parfois, parce qu'il interrompt un instant la course folle qui nous mène au trou, nous ne sommes jamais si endurcis que nous ne puissions sentir notre vie y tenir, que, lorsqu'il n'y a plus de main pour s'y poser, c'est la cendre qui s'y dépose et que c'en est fini de nous.

Et dans la peine, qui est toujours l'avant-goût sucré de la mort, comme nous cherchons presque à tâtons la main de l'autre, comme nous cherchons que par un geste, fût-il imperceptible, la compassion nous délivre pour un instant de l'assujettissement de la solitude, et que nous en désespérons, nous disons : quelle main, désormais, dans mes cheveux ? De cette langue charnelle qui est à ces moments la seule que nous pouvons comprendre, la main qui caresse nos cheveux est peut-être le mot le plus doux, le mot sacré d'une minuscule mais immense rédemption. Nous nous connaissons alors le frère d'Achille, lorsque Thétis venant de la vague en entendant ses pleurs prend sa tête dans ses bras et lisse ses cheveux. Nos fanfaronnades viriles n'y feront rien, elles ne trompent au reste personne d'autre que nous-même : il faut considérer comme dénaturé celui qui rit de Thétis caressant les cheveux d'Achille et d'ailleurs, il n'est jamais difficile de déceler, dans la stupide arrogance de cette virilité de pacotille, un visage qui se tend vers une main.

Mais il faut mourir, aussi, et le rappel n'en est jamais très loin. Toute la vie d'Achille en bruit, mais la mort de l'ami en est le plus clair, le plus cru, le plus violent des signes : partant pour les

Enfers, Patrocle tient la main d'Achille et l'entraîne avec lui. Alors, tandis que Patrocle se réduit en cendres, Achille s'approche du bûcher, coupe ses cheveux et jette la vie dans le feu. Socrate, dans *La République*, se scandalise de ce geste impie, car ces cheveux étaient pour le père, et non pour l'amant, le père les avait voués au fleuve Sperchios, au jour où son fils reviendrait. Mais le fils ne reviendra pas, il est déjà une ombre habillée de beauté. Le fil, le cheveu d'or, qui mène au retour est tranché et brûlé. Ce n'est pas de sa force, comme Samson, qu'Achille est ainsi dépouillé, mais de la promesse de la vie et du retour. « Puisque je ne rentrerai plus dans mon pays, c'est à Patrocle d'emporter mes cheveux en offrande. » Dans le feu, Achille jette sa chevelure de comète, il n'a plus qu'à mourir.

Le double corps

Sa beauté était sans égale. Une nuit, vous vous tenez dans une grotte, près de la mer. Achille à cette époque n'est plus un enfant. Son corps devient ce qu'il doit être pour la guerre et pour cette gloire sans laquelle on n'est que de petites marionnettes sous le pouce des dieux. Dans la grotte se tient Chiron, le maître d'Achille, son grand éducateur, son autre père. Celui-là a ensei-

73

gné tout ce que la Grèce compte de héros, de demi-dieux : Jason, Thésée, Actéon, les Dioscures, Télamon, Hippolyte, Pélée lui-même, père d'Achille, et même Ulysse ou Diomède ; Asclépios tient de lui l'art divin de guérir, auquel Achille lui-même aura été instruit, car c'est le paradoxe que cet infatigable tueur ait donné son nom à une plante médicinale.

Le grand Centaure a accompagné la croissance de ce corps promis à la mort, l'a nourri de tout ce qui représente pour les Anciens le sauvage, la force, la brutalité même et l'instinct du carnage : selon Apollodore, son régime se composait de lion, de sanglier et de moelle d'ours. C'est ainsi que l'on devient un homme et plus qu'un homme. Cette nuit-là, Achille s'est tôt endormi : tout le jour, il chasse, court, solitaire, s'endurcit ; la nuit son sommeil est sans trouble, ce n'est que plus tard qu'il sera la proie du rêve, après la mort de Patrocle. Chiron, dans le fond de la grotte, le regarde dormir, et vous regardez avec lui ; il regarde ce corps de jeune homme qu'il lui a donné à force d'exercices, endurant, rapide, svelte, robuste, ne craignant ni le feu ni le froid pour les avoir éprouvés de bonne heure, un corps, aussi, passé au feu ou trempé dans le Styx selon les caprices de la légende. Un corps d'homme. Il lui a appris la chasse et la lyre, à tuer et à dire le monde, à guérir. Si l'on en croit Leconte de Lisle, le jeune homme aurait même fait, dans l'antre du sage Chiron, la connaissance d'Orphée ; mais cette main, qui sait parcourir les cordes de la lyre, est d'abord faite pour étrangler, tenir le bois de la pique, ployer la nuque. Ce corps allègrement violent, Chiron lui-même, chez Stace, avoue à Thétis qu'il ne peut le dompter. Comme Phoenix, l'autre précepteur — car il ne fallait pas moins de trois pères pour faire Achille —, ne pourra dompter sa rage dans le camp grec, cette rage qui est la partie extrême du corps violent.

Il faut attendre des époques plus tempérées, peut-être, pour faire de l'éducation d'Achille par Chiron un modèle d'éducation à l'esprit, à la beauté et aux arts, et d'Achille enfant, sous la douce férule du Centaure, un modèle pour les princes, dont le port réfléchi autant qu'innocent orne les plafonds de la chambre du Grand Dauphin aux Tuileries ou la Galerie François 1er à Fontainebleau. On y tient en équilibre les exercices du corps et le développement de l'esprit, la virilité et le raffinement, on ne veut plus d'un Achille trop sauvage, mais on n'en veut pas faire non plus un danseur ou une poupée. Il apprend la musique, Plutarque en faisait l'essentiel de son éducation, mais on peut croire que, dans sa mue, sa voix aura conquis et le chant et le cri. Entre la fresque d'Herculanum, celle peut-être imaginaire que décrit *La Galerie* de Philostrate et qui en fixe le modèle formel pour toutes les représentations futures, et, par exemple, la peinture de Delacroix, on hésite à lui faire tenir, sur la croupe du Centaure ou entouré de ses bras, soit l'arc soit la lyre. Il est instruit de vertus, mais lesquelles ? Platon déjà, dans le troisième livre de *La République*, ne pouvait croire que le sage Chiron ait élevé Achille à la hargne, à la cupidité, à l'impiété et à l'orgueil et il en blâmait Homère. L'enfant sauvage prit plutôt des airs de jeune Dauphin. Le corps jeune, vierge et farouche doit s'assouplir, la timidité brusque qui, chez Euripide encore, le fait rougir de parler à une femme, doit gagner des usages plus mondains et plus policés. Mais déjà chez Euripide, son langage a changé : « on combat des raisons par des raisons », dit-il, avant, tout de même, de finir par saisir le glaive. Fénelon lui fait bien regretter l'emportement de son adolescence et le peu de cas qu'il fit des leçons du Centaure. Rousseau fut plus sensible bien sûr à l'éducation de la Nature, c'est la raison pour laquelle on plaça au frontispice de son édition de l'*Émile* une gravure représentant le jeune héros et le grand Centaure ; aussi, Rousseau n'avait plus l'ambition d'éduquer des princes mais des hommes, libres, heureux peut-être, vrais essentiellement.

Donc, il y a cet équilibre de l'âme et du corps, *mens sana in corpore sano*, qui fait que cette éducation légendaire fut prise en modèle, non sans déformation et accommodement, et que chacun qui se sentait des vocations pédagogiques pour l'humanité, les princes ou ses propres enfants, voulut être centaure en son temps. Par-delà l'équilibre soigneux des vertus du prince, il y a donc, aussi, dessinant sur ce corps assoupi le graphe de la vie future et éclatante, le balancement de la mesure (âme) et de l'intempérance (chair), l'humanité et la bestialité, la clémence et la colère, puisque l'éducateur fut un homme-cheval, un homme-bête, une bête sage, un monstre, un hybride. Et pourquoi ne pas faire passer dans l'âme elle-même ce mixte ? Une colère, un emportement ou une cruauté de bête sauvage et puis une douceur, une magnanimité et même une aspiration à la gloire si bellement humaines qu'elles en deviennent divines — et ces deux pôles étrangement appariés : on dirait une face solaire et une face nocturne qui composerait Achille, mais où est la lumière et où la nuit ? Car la force bestiale est aussi la face solaire du héros, et la douceur raisonnée, celle de la clémence, de la contemplation ou de la poésie chantée sous la tente, apparaît la nuit tombée. Or ce mélange centauresque de bête et de dieu en une seule personne, qui est aussi celui, incompréhensible, de la guerre et de la paix, du carnage et de la raison, est voué à se défaire et alors on changera d'époque : il y a *deux* véritables héritiers d'Achille, comme le montre la querelle

77

qui oppose à sa mort Ajax et Ulysse pour la possession de ses armes, et chacun des deux est une partie d'Achille — la force (Ajax) et la réflexion (Ulysse). C'est avec Ajax qu'Achille joue aux dés sur un célèbre vase grec à figures noires, mais c'est Ulysse, par ruse, par discours, à l'issue d'un débat et non d'un combat, qui obtient les armes et se revêt d'Achille, tandis que la force pure, Ajax, s'abîme, emportée par elle-même, dans le suicide. Les deux moitiés se séparent, et l'âge des valeurs de l'aristocratie guerrière laisse la place à l'âge de raison, si l'on peut dire, car cet âge saura inventer une déraison qui aurait fait reculer d'horreur la force sauvage qui nous choque tant, lorsque nous lisons les exploits d'Achille et d'Ajax.

Mais, finalement, l'essentiel n'est pas cela. Il y a plus important que ce petit dualisme que depuis des siècles nous avons appris à ânonner sur tous les tons et presque mécaniquement et que nous plaquons encore ici — l'âme, le corps, ce qui tient à l'un et ce qui vient de l'autre, le tir à l'arc et le pincement de la lyre, la course et le chant, la chasse et le discours. C'est toujours et seulement le corps d'Achille qui importe, autrement dit sa beauté, où la colère est un autre muscle, la douleur une autre chair, l'orgueil quelque chose dans le sang, la douceur ou la générosité un imperceptible changement dans le regard. Or dans ce corps passe une division autrement plus intrigante et dont vous n'allez pas tarder à vous rendre compte, car, tandis que vous regardez le jeune Achille dormir et que, ainsi, vous méditez distraitement sur la beauté de ce corps, la rumeur de la mer s'est accrue. Vous portez le regard dans sa direction, le grand Centaure aussi observe, dans le silence, ce qui se passe : s'il ne s'est pas endormi auprès de son pupille, c'est qu'il attend une visite.

Dans la nuit le flot enfle et s'ourle, la mère d'Achille vient, Thétis. Ayant par tromperie obtenu l'accord de Chiron, elle vient reprendre et emporter ce fils adoré qu'elle avait dû abandonner après avoir en vain tenté de le rendre immortel, qu'elle n'a jamais nourri (Achille tient son nom de là, d'après Apollodore), ni élevé. Mais ce n'est pas pour en achever l'éducation, c'est pour une seconde naissance — pour le faire vivre, encore un peu. Car la mère d'Achille n'est que cela : celle qui le maintient en vie, envers et contre tout, encore un peu, encore un peu. Celle qui tient ce corps à bout de bras contre l'ordre des choses, dans des bras faibles mais enveloppants et inlassables. Il n'avait pas suffi de lui donner la vie, car cette vie était vouée à l'ombre et le corps à la destruction, il fallait encore la soutenir, que le fil ne rompe pas si tôt, qui si vite se dévidait. Dans cette gigantesque tuerie qu'est le monde, où les hommes tombent sans comprendre et presque sans rien faire, passent de la nuit à la nuit le temps à peine d'un souffle, le scandale de la mort, c'est elle seule, une immortelle, qui le connaît vraiment et jamais ne s'en console. Inconsolable, elle l'est depuis que, par décret des dieux et pour une sombre histoire de désir impossible à assouvir, on lui a fait épouser un mortel, la condamnant à donner la mort en même temps que la vie. Il y avait du beau monde, à ses épousailles, tout le panthéon réuni, les créatures de la mer et des forêts, même la discorde et sa pomme d'or venue sans être conviée, mais les vraies invitées d'honneur, si l'on en croit le poème de Catulle, c'étaient les Parques.

Elle n'est pas la grande déesse de la vie, l'Alma Mater, la Nourricière, elle qui n'a jamais porté Achille à son sein, mais celle qui, sans cesse, tente d'écarter l'emprise de l'ombre ; non pas celle qui fait toujours naître, mais celle qui bataille et prie, supplie, convainc, pour que ce qui est né ne soit pas emporté aussitôt — une divinité mineure de la vie, sans doute, mais sans doute la plus précieuse et la plus vraie, celle de la vie patiente et toujours menacée, de la vie vulnérable et toujours déjà condamnée. Elle ne fait pas de miracle, n'est pas thaumaturge, elle n'est pas de ceux qui follement prétendent vaincre la mort, mais elle voudrait gagner du temps, reporter un instant, puis un instant encore, le terme. De petites victoires qui précèdent la grande défaite, mais pour les-

quelles elle déploie une énergie que d'autres mettent à tuer. Or vous-même, la voyant venir du
flot, cette nuit, vous vous rappelez, vous l'avez
déjà vue. Vous l'avez déjà vue : elle avait sans
doute les traits de votre propre mère, ou peut-être
pas ; il y a eu, il y a peut-être, auprès de vous, celle
dont la prière, dont l'instance, dont l'effort vous
maintient encore un peu à la surface de la terre,
car sans elle vous seriez déjà dans l'ombre. Vous ne
savez peut-être pas dire qui elle est, ni comment la
nommer, elle a pu prendre mille traits, elle n'est
peut-être qu'un songe, une image, une folle espé-
rance, le mince parapet qui vous garantit pour
quelques minutes encore du vertigineux désespoir
et de l'appel du vide, la main qui s'accroche à la
vôtre quand vous voulez sauter, celle qui vous
relève la tête lorsque la douleur frappe si dure-
ment sur votre crâne qu'elle vous fait ployer la
nuque. Il a dû vous arriver de l'invoquer, qu'elle
vienne du fond de cette nuit où vous vous débat-
tiez, sur cette frange de la vie où vous vous teniez
en arrêt comme sur une grève. Quelqu'un ressai-
sissait le fil qu'on allait couper. Si vous ne saviez
plus comment le dire, elle seule alors disait ces
mots que, même, vous ne vouliez plus dire :
encore un peu, encore un peu. Elle vous a sauvé
des milliers de fois.

Alors, dans la nuit presque achevée de l'adolescence, elle vient saisir ce corps qui se façonne pour la guerre afin de le soustraire à la guerre, et pour cela, de nouveau, elle voudrait lui donner un autre corps, puisque celui-ci est si impatiemment attendu par les ténèbres, non plus cette fois en le jetant dans le feu ou dans le Styx, mais en l'habillant de voiles, de parures, en tressant ses cheveux, en le fardant. Le corps viril d'Achille est un corps de mort, où loge la mort, où se prépare la mort, alors il lui faut, pour vivre, un corps féminin. La nudité d'homme est une proie trop facile, alors il faut la couvrir. C'est ainsi que Thétis enlève devant vous Achille endormi, le soustrait pour un temps encore à la convoitise du néant, comme la rumeur de la guerre enfle et bientôt cerne l'antre du Centaure pour réclamer celui sans qui on ne peut pas jouer, se tuer et mourir. Sous les étoiles, elle franchit les flots avec son précieux paquet endormi et vient le déposer délicatement à Skyros, à la cour du roi, parmi les filles du roi. Et elle en a fait une femme. Il demeurera caché auprès des filles de Lycomède, travesti, sans que personne hormis l'une d'elles ne s'aperçoive qu'autre chose se cache sous la tunique, avant que, pour le cadeau d'une épée, il se fasse homme de nouveau dans une scène qu'on dirait écrite par Freud.

Que cette quintessence de la virilité pût être travestie en femme, que sa mâle beauté pût faire de lui une belle jeune fille, que le corps ainsi se retourne, vous trouble peut-être — l'épisode en a troublé beaucoup. Ce corps que vous contempliez tout à l'heure, était-il homme ou femme finalement, chair ou poisson ? Par paradoxe, il serait moins troublant qu'il y ait eu métamorphose, le mythe en a vu d'autres, et l'exception miraculeuse dans les lois de la nature, quoi qu'on dise, rassure. Mais non, Achille n'est pas métamorphosé en femme : sa beauté est aussi celle d'une femme, le masculin est aussi le féminin, son corps est double. Beauté est le nom de cette duplicité. Ce n'est pas même Achille efféminé : Apollon, son grand rival et son seul véritable meurtrier, porte dans l'immortalité et le marbre inaltérable du divin, comme son image exacte mais invulnérable et olympienne, la même fusion des deux corps, des deux principes de chair en une seule forme, cet état unique du corps, pour nous si fragile, si temporaire, le plus souvent seulement approché et manqué, dont la virilité et la féminité ne sont pour chacun que des degrés approchants, des altérations, de plus ou moins subtiles corrosions. Le travestissement, au contraire d'une dissimulation, révèle, le corps y est lucide, l'originaire équivocité y devient visible. Mais nos yeux sont déshabitués : nous ne voyons peut-être, comme dans la statuaire hellénistique, qu'un déhanchement trop lascif et suspect, une main de déesse, une lourde et ondulante chevelure tressée. Strabon dit que la monumentale statue d'Achille, dans le sanctuaire qui lui est consacré près de sa tombe, porte une boucle d'oreille de femme.

Voilà le farouche adolescent, qui tuait lions et ours à poings nus, exténuait les cerfs à la course, jouant désormais à la balle et au cerceau. La solaire chevelure se teinte d'une moire dégénérée : Hygin dit qu'on le nomme Pyrrha, « la rousse ». Voilà donc le futur guerrier à la lance ithyphallique, le demi-dieu viril, le bouillant Achille brodant et tissant, le voilà au gynécée, palabrant, agaçant un oiseau en cage ou riant de petites histoires. Et par cette indigne ruse maternelle échappant, certes un peu malgré lui, à l'appel de la guerre. Et comme si cela ne suffisait pas, sous le fard, il aime. Tandis que toute la Grèce fourbit ses armes, que les têtes s'empanachent et les corps se couvrent de bronze, Achille se met du rouge aux joues et se glisse la nuit dans un lit accueillant.

La tragédie règle en général le sort de qui coupablement met en balance sa passion amoureuse et ce qu'il doit au souci de sa gloire, à la cité ou à l'histoire. Mais le conflit tragique préserve la virilité. L'idéal guerrier, la virilité triomphante avec des manières de jeune fille, c'est encore autre chose, quelque chose comme un tiers inconnu introduit dans le balancement tragique des oppositions irréductibles. Que faire de cette étrange image, qu'on trouve sur les fresques ou les reliefs antiques, de cette équivocité introduite au cœur du modèle ? L'épisode appartient sans doute aux Chants cypriens, d'autres poèmes du Cycle, mais pas à l'*Iliade*. Pour Homère, c'est déjà un chef de guerre qui passe en trombe sur l'île des Sporades, et l'historien Pausanias veut défaire la légende par l'histoire : Skyros, *en réalité*, fut une ville enlevée et détruite par Achille et non pas le lieu où il minauda. Les contorsions littéraires, musicales, sont multiples, le plus souvent elles finissent par prendre un air de vaudeville quand même ce serait de la tragédie, lyrique ou non ; l'obscur Boissy, en 1735, en fait une parodie qui pour le coup indigne. À la fin, la prose désuète et artiste de Marguerite Yourcenar, avec ses images fastidieuses et son soufre un peu éventé, avec sa louable volonté aussi d'accentuer le trouble sexuel, tâche en vain de l'en tirer.

C'est l'opéra, peut-être, qui pouvait seul saisir cela, de sorte que s'il a appris de Chiron la musique, c'est pourtant à Skyros, essentiellement en italien (un peu en français d'académicien de 1712, aussi), et particulièrement dans la première moitié du XVIIIᵉ siècle, qu'Achille chante le mieux et qu'il expose à la scène son double corps. Dans la voix se fait le point d'indistinction, le masculin et le féminin sont d'infimes variations du même corps chantant. Un précipité de tout le corps. En 1737,

Achille, qui se trouve en même temps à Skyros, à la cour de Lycomède, et à Naples, au San Carlo tout neuf, est *réellement* une femme, la contralto Vittoria Tesi (la même année, *Achille à Skyros* est en France une *comédie*), et puis, pour plus de trente opéras, il est castrat. Et ce sont eux, les castrats, qui disent (chantent) la vérité. Achille, un castrat ? Dérisoire, scandaleuse inversion, qui, au ridicule du travestissement, ajoute encore la négation effective, physique, de la virilité ou qui, dans l'autre sens, redouble par le travestissement féminin l'apparente absurdité de donner à des chapons le rôle de princes. À lire Dominique Fernandez, on en discutait déjà beaucoup à l'époque, avec esprit parfois, parfois même, si l'on en croit l'un de ses personnages, à la lumière de l'anthropologie et de l'histoire, dans les loges du San Carlo, on en riait dans un siècle où pourtant on allait pousser plus loin que jamais la fascination pour l'échange des sexes et le trouble de l'indécision. Vous n'avez pas envie d'en rire, pourtant ; vous soupçonnez que ceux, en tout cas, qui, campés dans leur virilité satisfaite, en rient lourdement ou prennent des mines dégoûtées, ceux-là ignorent ce qu'est le corps, tout ce qu'il est et tout ce qu'il peut. C'est le contraire de ce qu'ils croient : cette voix, qui n'est pas plus celle d'une femme, ne vient pas de ce qu'il manque quelque chose au corps, une épée pour tout dire, c'est au contraire le corps seulement viril qui est amputé, qui a perdu quelque chose, dans lequel on a tranché.

À la fois homme et femme, Achille aime Déidamie, et n'a pas besoin pour cela de revêtir la cuirasse ou porter la barbe. Il faut imaginer, dans l'obscurité de la chambre, un visage à la beauté indécidable offert à Déidamie, une main qui, écartant les voiles de la jeune fille et découvrant le corps, est à la fois celle de la servante qui déshabille sa maîtresse, de la compagne, et celle de l'homme qui va étreindre. Et l'innocence de cet amour en tout point originel ne trouvera que dans l'amour pour Patrocle son exact symétrique. Or il aime tandis que s'amoncelle l'orage guerrier, tandis qu'Ulysse et son ambassade n'en finissent pas d'approcher, dissimulant parmi les cadeaux féminins un glaive viril qu'il ne pourra se retenir de saisir, une ruse pour le *dévoiler*, une lame dont l'éclat annulera le jour ambigu et qui, d'un coup, tranchera le double corps en deux, qui séparera pour toujours, pour les quelques années avant le feu du bûcher, la femme et l'homme : Achille ne sera plus qu'un homme — et il mourra. Vite, il faut aimer, le plus longtemps possible aussi il faut prolonger le crépuscule de l'adolescence, repousser encore un moment l'instant de se choisir un seul corps dans le double corps de l'adolescence.

Vous avez connu cet âge. Entre le rivage de Thessalie et celui de Troie, l'adolescence est une île, où l'on se dissimule à moitié à l'impératif de devenir viril, à l'ordre qui vous est intimé, auquel vous devrez céder, de joindre la mêlée des hommes. Entre homme et femme, pour vous-même ou pour l'objet de votre désir, vous ne vouliez pas choisir, vous n'aviez pas à le faire. Vous avez connu d'autres amours, bien sûr, par la suite : après Déidamie, il y a Iphigénie, il y a peut-être Briséis, surtout Patrocle, et tout au bout Polyxène, qui, comme un retour impossible à la première et vierge jeunesse, vous tuera. Vous pourrez même avoir des amours d'outre-tombe, Hélène ou Médée, car il y aura des époques où le royaume de l'amour sera aussi le royaume des ombres. Vous avez choisi, ou peut-être vous a-t-on simplement présenté le glaive, vous l'a-t-on mis dans les mains. Mais combien de temps aurez-vous tenu votre main et votre voix en suspens, gardé le double corps ? La voix de castrat ? Combien de temps êtes-vous resté, séjournerez-vous, sur cette île ? Et maintenant, votre corps est-il d'ailleurs si simple — et si tronqué ?

C'est comme si, à Naples, à Rome un peu, par le faramineux succès des vers de Métastase avant tout, pendant cinquante années, l'indécise beauté de ce corps encore adolescent balançait, comme si, indéfiniment, il hésitait à saisir le glaive qui fera de lui un homme pour la mort, et comme si le jeune et androgyne enchantement de l'amour perdurait, retenant pour un temps la main de la guerre qui va le saisir et le pétrir en tueur. Avant que le monde ne se coupe en deux. Moins qu'à le *rappeler* au soin qu'il doit à sa gloire, comme s'il voulait l'éveiller d'un songe honteux et obscène, Ulysse l'appelle à quitter pour toujours l'état où personne ne doit ou ne peut rester. Et c'est comme si, aussi, on devait quitter un âge du monde pour un autre, ou, pour parler comme Empédocle et les anciens Physiciens, un principe du monde pour un autre : l'Amour pour la Haine, ce qui unifie et rassemble pour ce qui divise, disperse, fragmente l'unité — pour la guerre. Devant les cadeaux présentés aux filles du roi, parmi lesquels scintille, choquante, aiguë, grimaçante, la lame inopinée d'un glaive, Achille hésite un instant, une fraction de seconde se tient encore en suspens dans l'amour et l'unité du corps et puis, par un imperceptible déséquilibre, bascule, et c'est déjà une main d'homme qu'il tend vers la lame — c'est la Guerre.

Le corps armé

Alors il saisit le glaive. Il faut s'armer, recouvrir le corps, unir et lacer tout cela dans l'airain, le cuir, l'or et la corne et dissoudre le corps féminin

89

dans le corps armé, et passer l'amour sur l'enclume. Il faut partir. Et le monde change d'aspect, il n'y aura plus de clair-obscur, mais seulement un soleil de feu et une nuit profonde, la guerre diurne et la trêve nocturne, le corps cuirassé et le corps dépouillé ; le guerrier, la captive, le cadavre. Le corps armé, qui est le corps choisi, concentre en lui-même le monde entier, ses éléments, ses principes, sa loi. Ainsi la lance formidable, héritée de Chiron, est-elle un arbre, les arbres sont des lances : le monde a désormais un corps hyper-viril. Et sa pointe a deux faces, sur lesquelles les philosophes pourront à loisir spéculer, méditer Euripide et licencieusement rêver les poètes galants : elle tue et guérit, le dard qui blesse est celui qui soulage. Télèphe, fils d'Héraclès, sur l'île duquel la flotte achéenne, en chemin vers Troie, fit escale par erreur, l'éprouva, qui en fut blessé et guéri. C'était bien la dernière fois que celui qui a donné son nom à une plante salvifique sauvait quelqu'un. Quant à l'amour, c'était désormais l'inverse car avec Achille il devient funeste. La cuirasse à son tour est une portion du monde, elle est, dit Homère, « belle comme un ciel étoilé », mais ce ciel obscurcira la vie de celui qui la revêtira : Patrocle en mourra. Enfin il y a le bouclier, sur lequel s'enroule le monde tout entier, les arbres, le ciel, les campagnes et les villes, les hommes qui chantent et ceux qui tuent. Il est du même métal que celui qui recueillera sa cendre : Héphaïstos l'a façonné comme il façonnera son urne funéraire. Aussi tout le corps est-il désormais dans une urne et les armes sont-elles le premier tombeau. Reflété en elles, le monde entier a maintenant un éclat de fer.

III

La violence

(Les bas-reliefs)

Tuer, détruire

Vous direz alors que le monde est un chaos, une immense guerre, une grande querelle. Vous montrerez cela : des buissons, des forêts de piques, des montagnes de cadavres, l'eau des fleuves est rouge, la lèvre de la mer, sur le rivage, gonflée de sang. Dans le chaudron chauffé à blanc par un soleil qui est encore un dieu, qui est un incendie, c'est un bouillonnement d'armes, de sang, de chocs, dont personne ne voit la fin, dont le tumulte monte jusqu'au ciel. Et c'est là que les êtres prennent forme, ils sont découpés sur des fonds indifférenciés par la hache ou le glaive plutôt que sous les doigts ou le ciseau d'un patient Créateur, ils sont dans la forge, frappés sur l'enclume du combat ; et c'est là aussi que leurs formes se défont. Le monde commence avec la guerre qui, pour se dérouler sur quelques arpents, entre mer horizontale et montagne verticale, un lieu minuscule sur la surface de la terre, n'en est pas moins universelle. Dans la violence, il se lie et prend forme, mais elle le fragmente à son tour et le pulvérise : le monde n'est fait que de combats singuliers, de sujets singuliers, de noms propres qui sont des noms de guerre. Son temps, haché par l'exploit, est scandé par une séquence répétée indéfiniment : traque, défi, corps à corps, meurtre, trophée, triomphe. Un temps indéfini. Partout la force, le coup, le cri. Partout on tranche, on brise, on broie, on abat, on est abattu. Parcourras-tu, direz-vous, ce champ du monde, dont les deux grands laboureurs sont la mort rouge et la mort noire ? L'avez-vous parcouru ? C'est là que se trouve Achille.

Vous dites : regarde aussi ce qu'est le corps, seulement la surface pour accueillir la blessure fatale, un marbre infortunément pénétrable au burin du grand sculpteur qu'est la mort. Regarde, la chair n'apparaît que lorsqu'elle est meurtrie et déchirée ou pour s'offrir au fer. La chair, c'est ce qui est, d'abord, toujours vulnérable : à la base fragile du cou, sous la jugulaire, à l'épaule où se dessine, dessous, la clavicule, à l'aine, à la cuisse. Le corps, c'est d'abord et toujours ce qui est à merci. Quelle effroyable anatomie, alors, où le corps est éclaté en mille fragments qui cèdent, en mille portes par où entre la mort : le crâne, l'œil, la bouche, la langue, la tempe, la mâchoire sont dans le mortier, et sont percés, brisés, arrachés, fendus. Le genou fléchit, la main, vainement, se tend. Lorsque le corps paraît tout entier, d'un seul coup réuni, pur, lavé de toute poussière et des caillots de sang, sans blessures, c'est qu'il est mort et purifié par le rite funèbre.

Mais lorsque la peau ne se découvre pas fatalement pour prendre le coup, c'est qu'elle est cuirassée ; lorsque le corps n'est pas meurtri, c'est qu'il est hérissé. Et le bras, alors, est pour tuer, l'œil pour chercher la proie, la parole pour hurler — on lance l'imprécation avant de lancer la pique. Partout ainsi, enveloppant le corps et le façonnant, la violence, partout l'exercice de la force, au milieu duquel la clémence est encore un témoignage de la force, et seulement un bref répit, une fragile trêve, dans la tuerie générale. Les jeux, qui sont funèbres, voient encore les corps rivaliser violemment ; on ne tue plus, mais on continue de vaincre et d'être vaincu. Tout est occasion de gloire, c'est-à-dire que tout est force.

Vous devez dire qu'Achille est le héros de ce monde-là, qui n'est pas un autre monde, mais ses premiers éléments et ses premiers mouvements. Ce que vous y voyez, c'est l'élément pur de la violence dont est pétri le monde, la violence, au même titre que l'air, la terre, l'eau, le feu. Ce n'est pas même la guerre de tous contre tous, c'est avant cela : vous ne vous livrez pas encore à une méditation pessimiste sur la nature humaine, et la théorie politique est pour plus tard, où vous pourrez bien distinguer alors la société archaïque, féodale et guerrière de la constitution de l'ordre politique fondé sur une parole pourvoyeuse de paix et de légalité, qui rompt avec le cycle indéfini de la violence, de la vengeance et de l'exploit individuel, où vous pourrez peut-être, comme Jules César Scaliger le fit en son temps, reprocher à Homère de n'avoir pas fait d'Achille ce que Virgile fit d'Énée : un prince qui fut aussi un politique, unissant dans sa seule personne Achille et Ulysse, le guerrier et le politique. La tradition humaniste, Ronsard et la Pléiade, en firent pourtant le modèle des princes, même s'ils s'inquiétaient de ses rebuffades et de son indocilité aux lois ; mais non, certes, Achille ne gouverne pas, ne bâtit pas de cité : il les rase plutôt — poliorcète et non législateur. Il est le héros du poème de la force, pour reprendre le beau titre de Simone Weil, cette force qui asservit tout, qui tout pétrifie, mue tout être en objet et dont, pour Simone Weil, il est peut-être lui-même la première victime.

Mais sa sauvagerie ne vous est pas seulement effrayante : elle vous est devenue incompréhensible, elle vous répugne et même vous scandalise, et rien ne sert de la tempérer. Vous ne voulez pas justifier cela, et vous avez raison. Vous n'oubliez plus que « l'éclat des triomphes inutiles, des folles entreprises », qui, selon la formule de Rachel Bespaloff, caractérise la belle figure d'Achille, pour enivrant qu'il soit, exige un intolérable prix de chair. Tout ce qui se présente, il le tue ; ce qu'il ne tue pas, il l'asservit et l'humilie ; tout est aliment pour sa gloire, tout est ornement pour son immortalité. Son visage ruisselle de sang. Parfois c'est comme si les populations humaines venaient, des quatre coins de la terre, se livrer à sa main, tendre la nuque, pour un incompréhensible et hideux et absurde sacrifice — Memnon le Noir, d'Éthiopie, Penthésilée, l'Amazone, des plaines de Scythie, ceux d'Asie, ceux de l'Occident, les rois, les fils de rois, la valetaille indistincte, presque des enfants. « Malheur aux parents dont les fils affrontent ma fureur. » Son acharnement au carnage écœure même les dieux, dont il éclabousse la face et qu'il menace parfois, s'ils veulent ralentir ou détourner l'élan meurtrier. Ulysse, Hector, même Ajax le Grand, même Diomède épargneront au moins une fois un ennemi terrassé, pourront fraterniser l'espace d'un instant, échangeront des armes, retiendront le coup — Achille jamais. Sa cruauté frénétique épouvante jusqu'à ses compagnons : le sort réservé au cadavre d'Hector stupéfie. Peut-être voient-ils, peut-être le Grec de bonne naissance qui lisait Homère ne pouvait-il s'empêcher de voir, dans cette brutalité qui, tout de même, dépasse la mesure de la guerre, l'héritage des ancêtres barbares dont Achille descend. Et l'on finira bien par en faire un simple abruti, belliqueux fanatique, avec un cervelet de primitif : chez Shakespeare, la force brute a déjà beaucoup perdu de son éclat archaïque et Achille n'est guère qu'un capitaine borné et vindicatif. Pourtant il demeurait le plus grand des héros : il n'est pas possible d'être plus purement un tueur. Et l'*Iliade*, taisant la mort d'Achille, ne racontera jamais la fin de la violence, l'adoucissement de la force : Achille demeure pour toujours le cœur de ce monde brûlant, où on ne connaît pas de société mais seulement l'ami ou l'adversaire singulier, le corps à abattre, à ravir, à étreindre.

C'est pourquoi sa violence est sans fin, elle est le temps du monde, elle mugit bien avant l'*Iliade*, rasant les villes en chemin, ruinant, ravageant les îles, tuant, asservissant. Un mouvement de perpétuelle destruction. « Tant de combats », dit son fils dans une tragédie de Sénèque, « ne sont pour lui que le chemin des combats », il dit encore que ce sont les premiers pas de sa course, Apollodore les compte : Lesbos, Phocée, Colophon, Smyrne, Clazomènes, Cymé, Égialé, Ténos, Adramyttion et Sidé, Endion, Linaéon et Colone, Mynès, Thèbes Hypoplacienne, Lynerssos, Antandros, il y en a d'autres. Voulez-vous nommer ses victimes, la nausée vous saisit. C'est comme si, d'ailleurs, cette effrayante soif de carnage lui survivait au-delà du bûcher : on égorge Polyxène sur sa tombe et son fils, plus brutal encore, tuera Priam, dont son père, pourtant, admirait la noblesse, sur l'autel de son palais. Son bûcher est son dernier massacre, où sont égorgés en foule, selon Quintus de Smyrne, taureaux, chevaux et jeunes captifs. Le monde entier pâtit d'Achille : la délicate rosée qui se dépose au matin, ce sont les larmes de l'Aurore, qui pleure son fils Memnon rageusement abattu. Et il ne suffit pas de lacérer les chairs, il faut encore outrager les cadavres, Hector attaché au char et traîné dans la poussière, le jeune Lycaon, à moitié égorgé, jeté dans le fleuve, à qui il lance : « Va reposer là-bas chez les poissons ! Ils lècheront tranquillement ton sang. Ta mère ne te mettra pas sur un lit pour te déplorer. » À Hector qu'il va achever, il hurle : « Ah si je pouvais, dans ma rage, découper ta chair en morceaux et les manger tout crus. » Voilà, vous y êtes, et Achille dit ce qu'il est réellement : une bête, une bête sauvage, que tous, à un moment ou à un autre, regardent avec étonnement et qui ne fait réellement société avec personne, une bête qui va mourir et qui ne veut plus rien entendre. Il dit encore à Hector qui le supplie d'épargner au moins son cadavre : « entre hommes et lions, il n'est point de pacte loyal », et ce n'est pas une image. « Demi-dieu par la force, demi-bête par la violence », dit Bespaloff. Bête tout entière, avec des griffes d'airain, des crocs d'or.

Le torrent de la violence, la griffe, la serre, le croc s'exercent jusque dans l'amour qui n'est rien d'autre qu'une extension du champ de bataille universel. Dans l'amour même il tue : le jeune Troïlos que, dit-on, il poursuivait de ses ardeurs, l'Amazone Penthésilée — comme s'il avait pris à la lettre, par une effarante confusion, le vocabulaire guerrier de la conquête amoureuse. La violence pulvérise la métaphore : le combat amoureux est un combat réel, le désir, à nu mais armé jusqu'aux dents, tue réellement ; saisir la chair de l'autre, c'est la meurtrir. Aimer, asservir, tuer, dévorer, c'est tout un — seul Kleist retournera contre lui la sanglante équivalence, en le faisant déchiqueter par le désir amoureux de l'Amazone. L'amour d'Achille est aussi fatal que sa lance.

Le modèle des valeurs aristocratiques est une brute sanguinaire, dont l'acharnement à tuer devient proprement fabuleux, mais l'exagération poétique, pour incroyable qu'elle rende cette gigantesque boucherie, n'excuse rien. Comment pourrez-vous sauver Achille de l'horreur ? Il ne faut pas. Voulez-vous offrir d'autres objets à son ardeur, étancher autrement sa soif ? Il s'impatiente au banquet des chefs de guerre : « Ce n'est pas de cela que j'ai faim, mais de meurtre et de sang et d'hommes criant leur détresse. » À moins de séjourner perpétuellement chez Benoît de Sainte-Maure, vous aurez du mal à en faire un preux et hardi chevalier, ce qu'il fut pourtant durant tout le Moyen Âge. Un héros ne se conduit pas ainsi, votre embarras est historique, on peut dire que vingt-huit siècles se sont employés à cela, avant même que l'idéal guerrier et païen ne se soit effondré : lier un peu les mains d'Achille, conserver l'héroïsme, mais oblitérer la soif de meurtre ; muer en noblesse la bestiale endurance, en intégrité farouche ce qui est surdité animale, en grandeur l'anomalie monstrueuse de qui ne vit que pour détruire.

Il vous servait, c'est vrai, lorsque vous lisiez Nietzsche, à salubrement envoyer à la face de la morale chrétienne, des vertus d'humilité et de faiblesse, un sourire de carnassier tout barbouillé de sang — ou peut-être simplement une arrogance de tête à claques. Et ce corps triomphant, bandé à l'extrême pour le seul exercice de la force et de la subjugation, c'était un tel démenti au corps soupçonné, honteux, caché et débile dont cette morale vous affublait et qui d'ailleurs est toujours le vôtre et dans lequel vous êtes si empêtré. Il fallait bien un jour gonfler ce torse malingre, quitte à le faire éclater. Peut-être ne le murmurez-vous qu'à voix basse et seulement pour vous-même, mais il y avait aussi, lié à cette violence, l'orgueil sans retenue, avant même toute absolution éventuelle, et beaucoup d'autres choses dont on vous avait appris à avoir honte. Il y avait la volonté de

détruire, l'ivresse dionysiaque du chaos vous ten-
tait. Vous auriez voulu ne pas être timide en tout.
C'était l'avantage de naître huit siècles avant
Jésus-Christ, et même trois siècles avant que
Socrate ne vienne chipoter devant Thrasymaque
ou Calliclès sur la valeur de la force et de la puissance. Bien sûr, vous ne vous voyiez pas exactement avec une pique de deux mètres entre les
mains et cuirassé de bronze, et puis vous ne pouviez pas si aisément renoncer à la douceur, aux
subtilités dialectiques et à l'art de la conversation.
Vous vous sentiez peu d'affinités avec les brutes
blondes, c'est vrai, et toujours peu de goût à justifier la tuerie. Mais il fallait parfois un grand et
innocent ébranleur, un sang incendiaire pour ce
monde trop étroit, trop compliqué aussi. Un bon
coup de pied dans la mièvrerie, un coup de sang.
Il vous fallait parfois passer tout cela au feu, vous
aussi vous vouliez un corps libre, non coupable,
et vous auriez voulu être beau, c'est-à-dire violent. Et puis, oui, la violence était la face brû-
lante de la noblesse et de la pureté du cœur, le
glaive tranchait d'un coup dans l'insidieuse mol-
lesse, dans la lâcheté déguisée, dans l'hypocrisie
doucereuse des discours humains. Et par paradoxe, la brutalité vous semblait plus morale. La
contenance un peu raide qu'il a chez Euripide,
vous la préfériez aux contorsions. Et vous vouliez
aussi aimer comme il aime chez Racine, peut-être

avec les débordements qu'il a chez les baroques français. Et puis, de toute manière, vous sentiez en vous, tout au fond, un sang violent mais comprimé, qui certes n'avait pas besoin qu'on en flatte les mouvements, mais qui était là. Il y avait même plus que cela. Mais quoi au juste ? L'avez-vous oublié ? Ne le voyez-vous pas ?

C'était un peu trop, tout de même. Indulgent (coupablement) alors, vous pouviez dire aussi : chacun a ses défauts, il faut séparer dans chacun le bon grain de l'ivraie, sans oublier qu'avec l'âge la sagesse vient qui manqua à Achille seulement parce qu'il mourut jeune. Mais la soif de tuer est un petit défaut gênant, et surtout, elle n'est pas aisément détachable de ce corps par essence agressif, c'est comme si tout ce qui fait Achille y tenait, sa beauté et même cette surprenante douceur, comme, de manière imprévisible, le fauve peut refermer la mâchoire sans égorger. Les qualités morales, pour autant que cette idée ait ici un sens à peu près commun au nôtre, ne furent peut-être que la surface admissible, et louable, d'un fond qui l'est beaucoup moins. Son mépris légendaire de l'hypocrisie et de la tromperie, de la ruse dont Ulysse s'est au contraire fait le champion (et encore Platon insinuait-il perfidement qu'Achille n'était pas moins trompeur, mais simplement moins habile), cette franchise tranchante qu'il dit, chez Euripide, tenir de l'enseignement de Chiron,

103

tiennent sans doute simplement à la joie qu'il y a de tuer l'ennemi de face, de subjuguer la force par la force, la violence par une violence supérieure qui du coup en assure l'impérieuse pérennité. Ou peut-être même à la stupidité de la bête brute, qui ne connaît rien que l'excès de la force, qui n'entend rien au langage. Agacé, Ulysse soupire en alexandrins, chez Rotrou : « Achille est toujours vain et toujours violent. » Ce médiocre alexandrin manque de lui coûter la vie. Comment ferez-vous ?

La grande fabrique des héros positifs et manipulables à fins pédagogiques n'est pas neuve, elle produit des êtres bizarres dont on ne sait pas s'ils tiennent très bien sur leurs jambes : on voulut faire d'Achille un prince de la paix. On put lui donner des amours émollientes, de quoi faire dire à ce cœur invaincu qu'il était bien dompté, lui faire déposer les armes pour une œillade un peu appuyée, et bêler sur la scène en benêt timide et embarrassé de son grand corps de brute. Ou bien (ou mieux) sa brutalité n'était peut-être que le masque un peu rugueux d'un jeune homme pur et farouche, peut-être vierge, un peu trop longtemps élevé dans les bois et loin de la société des hommes. Et finalement, le grand massacreur des plaines de Troie est en fait un pacifiste dans l'âme, il ne fait peut-être qu'accomplir son devoir, peut-être aussi est-ce avec répugnance qu'il éventre Astéropée, décapite Deucalion, arrache le foie de Tros ou traverse de sa lance le crâne de Moulios. Il cherche la paix, quand bien même ce serait celle des cimetières. Et ses amours, elles sont politiques et dévolues à la recherche de la paix : ainsi aime-t-il moins la Troyenne Polyxène qu'il ne veut, en s'unissant à elle, unir les camps adverses et terminer la guerre sous les couronnes de fleurs et au son des pipeaux bucoliques. Et si, selon la tradition antique majoritaire, c'est bien elle qui fut l'occasion de sa perte (ce qui fit qu'on l'égorgea proprement pour apaiser les mânes du héros), c'est peu à peu par l'effet de retournements de plus en plus embrouillés, dans lesquels, par exemple chez Thomas Corneille, Achille suscite l'ire meurtrière de son propre fils qui, lui-même amoureux de Polyxène, ne comprend pas, l'idiot, qu'il se fait souffler sa maîtresse par raison d'État.

En voyant l'imperfection de ces métamorphoses, de ces accommodements forcés à la morale des temps, peut-être comprenez-vous que vous vous êtes trompé, qu'un héros n'est pas un modèle de vertu (puisque la force n'est plus une vertu), mais un compagnon. Il est l'autre, et non pas vous-même comme vous devriez être, un autre que vous avez parfois du mal à comprendre, qui souvent vous reste opaque, mais qui marche à côté de vous pendant un moment ou pendant toute votre vie.

Mais vous pourriez au moins, plus subtilement, voir dans la scène finale de l'*Iliade* quelque chose comme une rédemption, une conversion : ce n'est plus, dans l'apaisement, Achille qui prend doucement la main de Priam, c'est Priam qui étend sa main et son regard sur le tueur. Et le tueur baisse la tête, il se rend, se convertit, Achille dépose les armes, il est las, gorgé de massacres, fatigué de frapper, et plus encore : dessillé sur l'horreur et l'absurdité. Il n'est pas même nécessaire d'en faire l'image sulpicienne du méchant soudainement converti et abjurant ses erreurs (on chercherait en vain de tels mots dans sa bouche), la beauté calme et simple des vers d'Homère suffit : la clarté nocturne, le silence, longuement ils se regardent l'un l'autre sans parler. Et c'est comme s'il prenait l'âge et la sagesse et le regard de Priam.

Mais vous savez bien, pourtant, qu'il n'en est rien, même si vous le vouliez. L'*Iliade* n'est pas un roman d'éducation. Vous savez bien que vous n'avez pas lu non plus un roman de chevalerie dans lequel le héros, par un itinéraire initiatique, se purifie et devient bon. Le paroxysme de la violence n'était pas le moment où quelque chose lâche dans l'âme soudainement et d'un seul coup la transfigure pour toujours, comme si elle avait épuisé, brûlé, consommé en un instant tout le mal. Non, il ne s'est pas converti. D'ailleurs le récit de la colère d'Achille fait une boucle parfaite, il retourne dormir paisiblement auprès de la belle Briséis qu'on lui avait arrachée au début. Certes il a décrété souverainement une trêve. Mais après ? Après, on recommence. Non, dites-le : Achille ne veut pas la paix, jamais.

Alors, il frappe. Cette fois, ce n'est pas Homère qui raconte cela, mais Ovide. Il frappe, mais c'est comme si les coups ne portaient pas. Il frappe encore, comme un bûcheron, comme un sourd : rien n'y fait. Le tranchant de la lame n'entame rien, la chair est intacte, il ne peut rien briser.

Chez Apollodore, Cycnos est le premier chef troyen à tomber sous les coups d'Achille, au moment même où les Grecs mettent le pied en Troade. Ce n'est ni le glaive ni l'épieu qui plaquent sur lui la mort rouge, mais une pierre lancée à toute volée par l'Éacide. Mais chez Ovide, il prend le nom de Cygnus et devient invulnérable. Il est fils de Poséidon et s'en vante, car son adversaire n'est que celui d'une néréide. Jetant une première lance, Achille croit lui faire cet honneur, qu'il fera à d'autres, de se voir tuer par le plus grand des héros, mais la lance est impuissante, comme le sont les autres traits dont il l'assaille. Cygnus est un cauchemar : un corps qui ne se brise pas, l'obstacle inébranlable contre lequel rebondit le meurtre. Enragé, doutant pour la première fois de sa propre force, Achille jette sa lance au juger,

sur le premier qui passe, Menoetes, et le trans-
perce : non, il peut tuer encore, il est encore
Achille — et reprend. La lance perce le bouclier,
fend la cuirasse, mais n'atteint jamais le corps. De
son bouclier, de sa cuirasse, Cygnus dit qu'ils ne
sont que parure, il n'en a nul besoin.

Ce corps-là est absent de l'*Iliade*, où ne règne
qu'un seul corps inaltéré et jamais fatigué : celui
d'Achille, justement. Cygnus qui brise un instant
l'élan du meurtre, qui, dans un bref éclair, semble
faire apparaître l'impuissance contenue dans la
puissance elle-même, et la limite de toute force,
qui se tient là aussi pour toutes les victimes passées
et futures d'Achille, pour tous les corps tranchés et
souillés dont la guerre bâtit ses édifices, quelque
chose dans l'homme que l'homme ne peut atteindre
et briser, Cygnus est étranger à Homère et n'appartient pas au monde modelé sans cesse et sans
cesse défait par la vigueur de la mort. Peut-être ne
faut-il pas même croire Ovide lorsqu'il en fait un
guerrier, sa puissance n'est que celle, d'ailleurs formidable, de défaire la puissance du coup. Il n'est
qu'un homme dont on ne versera jamais le sang.
S'il est un guerrier, c'est parce qu'il en est l'exact
symétrique, le terme impossible qui menace de
tout détruire. Avant qu'Achille ne se jette sur lui,
dit Ovide, Cygnus a envoyé mille hommes à la
mort, mais ici, il est seulement un corps invulnérable, une moquerie suprême adressée à la des-

truction et à la guerre. Il est déjà métamorphosé, son nom est déjà un nom commun.

Ovide cependant sait aussi ce qu'il en est de l'homme et du monde. Cette moquerie sublime pourrait durer l'éternité et Achille s'acharner en vain dans un cauchemar, frappant et frappant encore, comme Sisyphe roule indéfiniment sa pierre et les Danaïdes remplissent leur tonneau. Achille frappant le Cygne encore et toujours sans jamais l'atteindre, ce pourrait être le supplice infernal qui punit l'inextinguible soif de meurtre. Or le monde n'est ni rêve ni cauchemar. Achille alors le bouscule, le pousse, l'assaille, le presse, frappe le corps, la tête du pommeau de son arme puisque la lame n'entame rien. Cygnus trébuche, sa tête porte contre la terre. Son regard se voile, dit Ovide. Oui, Achille peut tout renverser, tout abattre ; la seule chose inaltérable, invaincue, sûre, c'est la mort. Alors il saute sur Cygnus, le cloue au sol, fiche le corps invulnérable du cygne sur la terre. Et puisque l'arme est impuissante, c'est à mains nues qu'il le tuera, car il va le tuer. Des armes fabuleuses, du glaive, de la lance en bois de frêne, de tout ce que les dieux généreux et ricanants ont mis entre les mains du tueur pour le glorifier, il ne reste que la nue origine, le geste de tuer — la main. Il pèse sur son corps. Il ne peut verser le sang. Alors il l'étrangle.

Non, Achille ne veut pas la paix, et n'épargner personne, ni le cygne blanc ni le noir Memnon, fils de l'Aurore. Et pourquoi ? Pour le plus inutile des gains, pour ce qui, maintenant, vous apparaît comme le plus affreusement dérisoire, au regard du but que se fixent les entreprises humaines, même les plus basses et les plus viles : pour la gloire, pour un nom, pour une place au centre d'un poème épique, pour être l'objet d'une parole qui ne s'éteindrait jamais. Rien. On voudrait presque qu'il tue au moins par convoitise des biens, sinon par désir de justice, même sommaire, par désir de punir ceux qui violent les lois de l'hospitalité et ravissent la femme de qui les accueille. L'appât du gain ne justifierait certes pas le carnage, mais il l'expliquerait mieux. Mais cette fois, allez chercher en vous-même. Vous auriez tort déjà, vous le savez, de réduire ce démesuré désir de gloire et d'immortalité, qui alimente indéfiniment la chaudière de la violence, à la démangeaison vaniteuse d'entendre parler de soi — c'est l'inverse : cette médiocre vanité perdant toute mesure, comme illimitée, déprise du souci ponctuel de se trouver par-ci par-là des bouches présentes, et n'importe lesquelles, pour se satisfaire, prend le métal pur du désir d'immortalité et le nom d'Achille n'accomplira ce désir que s'il est prononcé par des bouches qui ne sont pas encore, des bouches d'or à venir dans la succession des temps et l'enroulement des volumes, des bouches qui d'ailleurs ne jugent pas mais racontent.

Mais on peut gagner la gloire en conquêtes, en étendant un empire ou en le sauvant, en construisant : on a alors une colonne dans le forum de Trajan ou sur la piazza Colona, deux chapitres chez Tite-Live ou chez Salluste, ou une stèle monumentale, une inscription. Mais Achille tue pour qu'on dise qu'il a tué, prendre Troie n'est que le premier prix des Jeux, il ne se bat ni pour un empire, ni pour une cité, ni pour une raison — pour lui seulement et pour faire lui même de son glaive le calame dur et brûlant du poète sur le parchemin.

Pourtant, cela même sent encore trop ses raisons et musèle trop la férocité. Achille va plus loin, descend plus profond, là même où vous ne voulez pas regarder : la joie, la jouissance de détruire. Vingt-huit siècles d'images et de transformations n'auront pas réussi à étouffer tout à fait cette énergie brutale et sans raison, passionnément négatrice, comme aussi cette contestation de toute utilité, de tout projet, de toute économie. Un pur débordement de la force, gratuit, une dépense somptuaire et à tout point de vue *ruineuse* : le gain de l'immortalité lui-même n'entre pas dans le circuit des échanges où l'on travaille pour obtenir un salaire, il n'est que le couronnement, la crête, l'écume d'or d'un jaillissement inextinguible de puissance qui bout et saccage, qui ne vise aucune fin. La débauche de force, consumée pour rien, ignore tout de l'avenir, mais dans un monde déjà fait, au moins en partie, où les choses offrent déjà une ancienne résistance, même si c'est le début du monde, où il y a des corps, cette force, ni bonne ni mauvaise, s'excédant toujours elle-même, ne peut que détruire. Son excès même, chez Achille, tient au contraste absolu que lui oppose dès le début et pour toujours la fixité inébranlable du terme, l'arrêt du destin fixé une fois pour toutes et incontestable, quelque chose qu'on ne peut ni mouvoir ni déplacer, qui opposera toujours une force entêtée et immobile. Plus qu'aucun autre enserré dans ce carcan, il présente alors, plus qu'aucun autre, l'image paradoxale d'un affranchissement sans limite qui conteste tout ce qui *est*.

Plus tard, chez un autre, en vous, cette force tournera en malignité, mais le geste est absolument gratuit, c'est ce qui inquiète. Vous craignez de trouver cela en vous, comme aussi vous avez pu en voir des signes multiples : vous avez détruit sans motif. Sans motif, vraiment ? Sans excuse sans doute. Mais cette volonté de détruire et cette folle et sombre et irresponsable dépense, qui put faire, par un instinct irrépressible et funestement efficace, votre propre malheur aussi sûrement que celui des autres, trouvait en tout cas sa vérité dans

112

la figure originelle, archaïque et plus encore élémentaire d'un démenti peut-être vain, peut-être désespéré, peut-être ignorant et naïf, mais farouche, présenté crânement à l'ordre de l'Être. Peut-être par une funeste confusion d'esprit où vous inversiez tout et dont vous êtes d'ailleurs peut-être guéri, l'Être, c'était l'entropie du mouvement, ce qui l'englue et le fige, ce qui transforme le monde en pierre, la séduction en triomphe ou en défaite également paisibles et morts, la parole en conclusion, l'histoire en morale, l'amour en fatigante routine, toute pensée en monument funéraire. Le durable, le subsistant, c'était l'immobile et la mort, ce poids de plomb qu'Achille pour tous les autres portait sur les épaules. Alors que tout cela soit brisé et qu'on recommence le jeu, pour lequel il se pourra bien que vous ayez de moins en moins de partenaires. Que tout cela soit emporté, puisque de toute façon rien ne dure mais que ce qui dure dure toujours trop longtemps. Et que vous-même, finalement, y soyez emporté, englouti, haché, tout ce que vous *êtes*, puisque vous êtes la dernière chose qui tient, le dernier être. Si vous niez l'être, c'est par vous, bien sûr, que vous terminerez la joyeuse besogne. Vous ferez l'épreuve de cette vérité bien paradoxale que l'affirmation pure de soi, c'est-à-dire de la force, aboutit nécessairement à la destruction de soi. Ce n'est pas pour vous rassurer, encore moins pour vous absoudre, mais la haine de soi, cette passion triste et dégénérée, qui est l'envers même, trouble, débile, de la solaire affirmation de soi, n'est peut-être que l'excroissance maladive d'une décision primitive, d'une option première, heureusement révisable dans une certaine mesure, concernant la nature du monde — et non l'inverse. Savoir cela vous dispensera au moins de faire trop de psychologie.

Si, contrairement à Achille, vous en réchappez, il faut du temps, parfois toute une existence, pour accepter, pour comprendre la bienveillance de ce qui est, pour y voir une fête finalement plus grisante que la dépense orgiastique et pour que cette griserie ne ressemble pas aux menus plaisirs résignés d'une sagesse rance et acquise sur le tard par déclin des forces, qu'elle ne soit pas l'humiliante aumône que vous fait le monde pour bons et loyaux services, pour vous être enfin calmé. Ce qui ne risque pas d'arriver à Achille, du moins. La vertigineuse spirale de la violence allègre et au sens propre désespérée dans laquelle il s'emporte et dans laquelle il se détruit lui-même continue indéfiniment et indépendamment de vous — mais, parfois aussi tout au fond de vous, et c'est pire, peut-être : si les dégâts qu'elle peut faire au-dehors sont toujours à craindre, vous savez sourdement que, maintenant que vous êtes plus ou moins réconcilié avec le monde, en tout cas pour des périodes assez longues et assez nombreuses, c'est contre vous qu'elle fomente et qu'elle attise. Il arrive que l'autre, tenu au secret, se mue en puissance maléfique. On aurait tort de croire que ce maléfice vient de la tristesse ou de la mélancolie, qui en sont plutôt la conséquence ou même le symptôme psychologiques, le remous dont la surface est l'impuissant dégoût de vivre, mais jamais la cause. Parfois la nuit, vous voyez briller cet astre noir qui vous attire irrésistiblement ; dans la journée même, et même au milieu des activités les plus innocentes ou les plus paisibles, dans le bonheur même, quelque chose remonte et vous submerge : qu'on en finisse ; ce que vous êtes, il y aura joie inouïe et féroce à le détruire. Achille veut votre mort. Sa dernière victime, ce sera vous, sans doute.

L'emportement

À la violence inouïe du monde en guerre, dans lequel toute forme se dessine et toute forme se dissout, Achille ajoute ainsi une violence supplémentaire, qui étonne. Il décuple la violence par la violence : le carnage, qui est la loi du monde, par la fureur, qui l'outrepasse. Le moment, imperceptible d'abord, la frontière si ténue par où passe la vertu de la force et de la puissance, dans ce code archaïque, pour devenir une passion démesurée et condamnable est le moment de la colère, où la force n'est plus si saine, où la violence n'est plus si solaire et dangereusement côtoie l'ombre nocturne de la folie. La colère d'Achille — ou plutôt *les* colères puisque à la bouderie farouche succède la fureur destructrice et vengeresse après la mort de l'ami — introduit une inquiétude dans l'innocence effrayante de la violence, de son exercice souverain et impitoyable. Elle est comme une taie dans le soleil radieux et sanglant de la gloire guerrière, un nuage qui en inquiète la clarté.

La démesure dont toute la tragédie grecque, comme on sait, raconte le châtiment, la brusque illimitation qui fait sortir l'humanité de ses gonds sans pour autant la diviniser, n'est pas une mesure de trop : la colère d'Achille est, au sens strict, hors de proportion — et avant même de se retirer sous sa tente, il est hors du Grand Jeu, celui où l'on massacre, certes, mais où, aussi, l'on mesure les raisons de le faire à certaines aunes. Le bouillant Achille et le prudent Ulysse qui tâche de le ramener à la raison, comme on dit, ne parlent pas la même langue et ne sont plus dans le même monde : c'est comme s'il y avait de nouveau, dans l'*Iliade* même, un abîme entre l'*Iliade* (Achille) et l'*Odyssée* (Ulysse), la colère qui va à la folie et la froide vengeance qui châtiera, *dans son droit*, les prétendants. C'est pourquoi aussi aucune com-

116

pensation au lèse qui motivait cette colère n'est plus suffisante pour l'apaiser : les arguments de la raison prudente sont comme les trépieds ou les troupeaux qu'on lui propose en dédommagement : des choses d'un monde auquel on ne tient plus, absolument *rien*, parce que le monde entier, qui est mesure et proportion, est annulé par l'infini dans lequel est entrée la colère — entre ces deux ordres, le monde et la colère d'Achille, il n'y a plus de commune mesure. Elle est un empire à part dans l'empire universel de la violence, qui le soustrait à tous, ses lois sont inexplicables, parce qu'elle procède d'un affranchissement radical et file en apesanteur.

Dans son ordre, comme dirait Pascal, elle ne peut être suivie que d'une autre colère, l'emportement par un autre, qui est du même feu mais plus apocalyptique encore, après la mort de Patrocle, et que même le massacre des Troyens, lui aussi hors de proportion, et le meurtre d'Hector et l'affreux outrage fait à son cadavre ne rassasieront toujours pas. C'est le même emportement furieux qui jette Achille sous la tente et qui l'en fait sortir, une même rage, nourrie au début d'orgueil blessé, de désespoir à la fin.

Aussi bien les chefs achéens ne s'inquiètent-ils pas seulement des conséquences funestes pour leur besogne de la colère initiale, dont ils reconnaissent d'ailleurs assez volontiers la légitimité, au regard de l'honneur et de la puissance, des lois sans lois de la guerre. La colère, d'ailleurs, n'est jamais frappée pour elle-même de la flétrissure du vice, elle est un muscle du courage : le sage Aristote lui-même, bien plus tard, la comptait encore, à certaines conditions, pour un adjuvant de la vertu. Non, ce qu'ils craignent, c'est la folie. Et l'entêtement de cette colère, sourde à tout argument, indifférente farouchement aux desseins communs (lesquels sont de toute manière secondaires et presque annulés par la seule recherche de la gloire individuelle), menace plus que l'issue incertaine de cet interminable combat, parce qu'il lui fait perdre la mesure. Et ainsi cet entêtement menace la vertu même de la violence, quelque chose comme l'équilibre de ce permanent déséquilibre, il la mène trop loin, dans un espace et un temps dépouillés des derniers motifs et où, libérée ainsi et comme abstraite, illimitée (et ce terme-là effraie les Grecs), elle n'a plus de raison de s'arrêter. Alors sa colère menace le monde dont elle s'est arrachée et emportée. Elle pèse sur lui parce qu'elle ne lui appartient plus par quelque motif que ce soit, car bientôt la réparation de l'injure ne lui importe même plus ; elle est devenue sa propre fin, parcourt un espace idéal, sans frein, sans résistance. Elle emporte Achille plus solitaire que jamais.

Cet éther, ce vide absolu dans lequel entre la colère pour devenir elle-même absolue et tournoyer sans fin, ravageuse, c'est la folie. C'est ce que frôle Achille, et dans quoi Ajax, après lui et comme son héritier terrible et véritable, sombrera corps et biens. Les chefs regardent cette folie qui rôde, qui montre son mufle, ne comprennent plus, alors qu'ils comprenaient très bien l'injure qui lui avait donné naissance : une nouvelle fois, pour d'autres raisons, Achille est très loin d'eux, il est très loin du monde, il va trop loin — il est *emporté*.

Mais il ne sombre pas, il frôle le nocturne, reste solaire. C'est que les dieux suivent ses pas : quand Athéna, par vengeance contre son impiété, précipite la perte d'Ajax devenu fou, enténèbre ses yeux, elle retient au contraire Achille par les cheveux au moment où, de rage, il s'apprête à tuer Agamemnon. Le départ entre la fureur délirante d'Ajax et la colère d'Achille non pas apaisée mais décuplée au contraire par la mort de Patrocle, qui lui donne un autre objet en substituant au motif de l'orgueil blessé celui de l'amour brisé et de la douleur, se marque par une horrible nuance, pour nous incompréhensible et atroce, mais parfaitement sensée dans ce code guerrier de l'honneur qui modèle tous les gestes : Ajax massacre des bestiaux, et c'est folie ; Achille massacre le troupeau humain, et montre par là qu'il revient dans l'ordre des choses, au sommet du monde — lui ne se trompe pas de victimes, il n'est pas fou mais héros, tueur.

119

Il reste pourtant, au cœur, dans l'âme, cet excès inquiétant, dont la colère n'est qu'une espèce, qui l'emporte, dans la guerre, dans l'orgueil, dans le chagrin et dans l'amour, et qui l'envoie à la mort comme une flèche, qui l'arrache aux hommes, qui double la course et va le jeter dans les ombres. L'excès lui plaque la mort au visage. Car la rage vengeresse qui tue Hector et martyrise son cadavre scelle le décret, et si l'on en croit Dante, l'amour hors de mesure pour Polyxène non seulement cause sa perte mais le jette au deuxième cercle, celui des luxurieux, celui des morts d'amour, comme Didon, comme Cléopâtre — et comme Pâris, son propre meurtrier. Et à chaque homme qu'il abat, sous le coup de l'emportement, de la vengeance, de la soif de tuer, c'est autant d'obstacles qu'il ôte à la course de la mort vers lui, il facilite toujours un peu plus sa venue et l'accélère, la flèche d'Apollon avance d'un empan. Tuer Hector, c'est précipiter sa propre mort, mais il est impossible de faire autrement. Tuer un fils d'Apollon, c'est se condamner ; sa mère sait cela, qui a attaché à son fils un homme spécialement dévolu à la tâche de le lui rappeler ; mais lorsque Ténès, fils d'Apollon, lance des pierres sur la flotte achéenne qui longe les côtes de l'île de Ténédos, le sang d'Achille, bien sûr, ne fait qu'un tour, il jette sa lance, Apollon ne pardonnera pas.

Cette mort qui l'attend en paiement de l'emportement n'a pas la dimension morale que lui donne le mythe ou la tragédie, où les dieux punissent l'excès, où, quand il n'y a plus de dieux, les conséquences de l'emportement irresponsable sont en tout cas toujours funestes. Lorsque le vieux Phoenix, son tuteur qui l'a accompagné à Troie, raconte, en guise d'avertissement et d'enseignement, les conséquences terribles de la colère de Méléagre, il n'écoute pas : il n'est pas seulement sourd aux arguments des hommes, il est sourd au mythe, son emportement appartient à l'âge héroïque, au point de bascule où le personnage mythique devient psychologique. Mais c'est un endurcissement désespéré, un défi à tout ce qui pèse irrémédiablement sur le corps d'un homme, la vieillesse, l'arrêt de mort, les dieux, une rebuffade insensée, éperdue : non, je ne cesserai pas, ne ploierai pas l'échine — on dirait Don Juan courant à grands pas vers sa fin, sourd aux admonestations et plus encore aux avertissements du ciel : Apollon est un lumineux Commandeur ; dans la plaine de Troie, une dernière fois, menaçant, il avertit Achille : cesse, rebrousse chemin, c'en est assez. Achille, qui l'a reconnu, répond : ôte-toi de mon chemin.

Et pourtant, n'est-il pas dérisoire, ce moment premier de dépit, minuscule le motif, et n'est-elle pas enfantine, cette bouderie subite et entêtée ?

Notre psychologie de modernes, ou notre pratique, expérimentée jusqu'à la fatigue, des crises de nerfs d'enfants gâtés nous fait regarder Achille d'abord comme un gamin capricieux et peut-être névrosé auquel la colère donne un corps d'hystérique, qui hurle, tape du pied, trépigne, se jette au sol, pleure, et, plus ridicule encore, appelle sa mère pour une petite contrariété. Ces rages-là, d'ailleurs, au contraire d'être expansives, ne témoignent-elles pas toujours d'une impuissance radicale, de la constatation exaspérée et humiliante que le monde ne se plie pas à nos lois et à nos désirs, qu'il ne nous accorde pas tout ? Dans cette débauche d'énergie, il y aurait une faiblesse totale, enfantine, à vrai dire peu *glorieuse* justement. Les colères d'Achille, car il y eut d'autres précédents, pour ce qu'elles trahissaient de puérilité et d'inconséquence, de vanité ridicule au moins autant que d'inquiétante violence, étaient déjà objet de raillerie pour certains : Ulysse, dit-on, s'en moquait, qui lui-même, si l'on en croit l'aède qu'on entend chanter à la cour d'Alkinoos, dans l'*Odyssée*, en fut victime. À dire vrai, ce tempérament colérique, qui prenait feu pour des broutilles, finissait par agacer, comme il finira par lasser même les dieux, et particulièrement l'un d'entre eux. Or un dieu irrité ne corrige pas, il tue : chez Quintus de Smyrne, Apollon, après une ultime mise en garde à laquelle Achille demeure sourd une fois de plus, s'exclame : « Le fils de Cronos, ni aucun autre, ne peut plus le protéger maintenant, puisque son orgueil l'emporte ainsi. »

Vous ne comprenez plus bien pourquoi c'est cela, le modèle de toute la Grèce archaïque, ce que vous avez peut-être été mais dont vous ne vous souvenez peut-être pas sans une honte discrète — au point, et vous êtes alors bien proche de Platon, d'hésiter à le présenter en exemple à votre progéniture. D'autant que ce n'est pas seulement la colère, mais la vanité, l'arrogance, la cupidité, le caprice qui bouillonnent ensemble dans un détestable mélange. La raide et farouche noblesse elle-même, le souci aristocratique de la gloire, de ce que l'on doit à son nom prend parfois un jour écœurant : dans la querelle qui déjà, à Aulis, l'oppose à Agamemnon au sujet d'Iphigénie, ce n'est pas l'amour qui lui fait, chez Euripide, prendre feu, mais la rage vaniteuse qu'on se soit joué de lui ; il dit : « Ce n'est pas pour ce mariage que je parle ainsi ; car mille jeunes filles recherchent ma couche : mais Agamemnon m'a outragé. » La goujaterie a certaines proportions tragiques. Et d'ailleurs, sans même invoquer une morale qui à coup sûr n'était pas celle du monde homérique, peu glorieuses vous paraissent ces querelles de vautours qui se disputent un bout de charogne, un tribut, une chair asservie, des vases de bronze, des armes arrachées en brigand à des cadavres encore chauds. Et si l'on y regarde bien, le sujet de l'*Iliade* n'est pas seulement sordide, il est le plus dérisoire qui soit, presque du vaudeville — tu m'as piqué ma maîtresse, non je ne te la rendrai pas : le majestueux poème, la poésie fondatrice, de quoi parle-t-elle, si ce n'est d'une querelle de soudards comme il s'en développe depuis trois mille ans dans les tavernes borgnes ? Tu m'as pris la part qui me revient : de sommaires principes d'équité. Tu m'as pris ce qui m'appartient : une basse querelle de propriétaires, lorsque la propriété est si exemplairement le vol. Et le reste, rodomontades de petits coqs dressés ridiculement sur leurs ergots, gonflant le jabot. Et les prouesses guerrières vous laissent de marbre.

Ou vous pouvez, si vous le désirez, poser cela sur la scène minuscule de l'enfance : la colère d'Achille a lieu alors trois fois par jour, au moindre démenti que présente la réalité au caprice puéril, et quotidiennement dans les cours de récréation, et ça finit identiquement par des pleurs et des échanges de coups. Alors quoi, est-ce cela, qui fait écho en vous : le souvenir cuisant d'une humiliation perpétrée par un Agamemnon de bac à sable, le souvenir un peu honteux du jour où vous vous êtes réfugié dans les jupes de votre mère, laquelle n'était pas moins pour vous une déesse consolatrice, ou celui, à peine plus glorieux, où vous êtes allé bouder dans votre coin ? Oui, c'est cela. Et

124

d'ailleurs, la plupart de vos petites rages d'adulte, c'est cela aussi : le casque d'Agamemnon peut être celui d'un gendarme, sa main celle du contrôleur des impôts ou du sous-chef de bureau.

Vous pouvez faire des distinguos, aussi, vous ne voulez pas tout mélanger : le dépit n'est pas colère, la douleur emportée peut-être pas non plus — mais vous pourriez aussi bien tout fondre : l'amour, le chagrin, la colère, trois espèces de l'emporte-ment, trois états que l'emportement illimite et rend sauvage, ou plutôt rend inhumain si l'humain est la mesure. Et alors regardez ce qu'il y a *au fond* de ces fureurs, si mesquins leurs débuts aient-ils été, fixez l'œil blanc du cyclone : c'est bien l'absolu qui y loge, une fusion qui consume tous les motifs, qui ne s'explique plus par rien et qui, en vérité, n'a plus d'objet non plus, où passé et futur s'abîment eux aussi, puisqu'on oublie tout et qu'on se moque des conséquences, pour ne laisser qu'un présent brûlant que ne marque aucune borne, le degré d'incandescence extrême de la per-sonne, qui a même incendié toute psychologie. Vous avez pu atteindre, certains jours, cet état de fusion que la raillerie, les paires de claques ou le dédain tâchaient de refroidir en vain. Non pas hors de vous-même, quand au contraire la rage vous concentrait tout entier en un point, tout au centre de vous-même où vous étiez vertigineusement descendu, tout au sommet de vous-même où vous

vous étiez emporté vous-même — et ce n'était que violence toute nue. Cette violence-là a pu se couvrir de beaucoup de noms : la colère bien sûr, mais sûrement aussi un certain état de la tristesse, qui n'entendait plus rien et même avait oublié ses causes, qui était en son centre blanche, atone, radicalement désespérée, qu'on ne pouvait pas comprendre. N'y a-t-il pas quelque chose qui vous frappe, dans la colère d'Achille, dans sa fureur comme dans son chagrin qui est de même essence ? Sa solitude est absolue. L'emportement l'a propulsé où il ne subsiste rien ni personne, toute chose s'est dissoute ou paraît si éloignée dans la distance vertigineuse qu'y met la colère ou le chagrin. Même l'amour fut peut-être un nom de cela, dont la passion n'est que le degré approchant, le simple élan avant l'emportement définitif. Comme à un moment dans le saut, dans le plongeon, le corps se raidit tout entier, se suspend et ignore jusqu'à l'abstraction le milieu où il se tient, vous avez été hors du monde, et comme un bloc, comme une aile. Et malgré la loi de la gravité, il y avait toujours un risque, même infime, d'*y rester*, comme le temps est à ce moment lui aussi suspendu, comme la colère d'Achille paraît indéfinie, sa douleur interminable, qui depuis la mort de Patrocle, va et revient comme une mer, vague après vague, et se mue en fureur et se mue en sanglots, et de nouveau frappe et tue, et de nouveau pleure.

Peut-être ce sang-là coule-t-il encore dans vos veines et ne l'entendez-vous pas battre sans crainte : vous pourriez y rester. Une étincelle peut encore l'embraser et alors il vous coule du feu dans les veines qui porte au diamant le charbon de votre corps : vous hurlez, vous cessez brutalement de parler et c'est comme si vous n'alliez plus jamais parler, ou vous vous jetez au sol, n'importe, souffrance, colère, amour, orgueil, n'importe, et c'est pour toujours, et votre solitude est aussi totale que le vide qui règne dans l'univers. Puis d'un seul coup, tout s'arrête. Êtes-vous calmé, maintenant ? D'un seul coup tout s'arrête, Achille regarde Priam sous la clarté stellaire, Achille regarde Patrocle brûler sur le bûcher, c'est comme si on avait passé une main sur ce visage : il est limpide.

La douceur par éclats

Le brusque apaisement de la colère, comme un vent tempétueux qui d'un seul coup, par miracle, s'affale, paraît l'effet d'un nouveau caprice, suffisamment inexplicable lui aussi, et donc susceptible de retournement inopiné, pour que Priam, qui l'a obtenu, préfère pourtant quitter de nuit la couche qu'Achille lui a offerte, de crainte que le monstre ne se réveille sans crier gare. Achille ne s'est pas laissé fléchir, comme on dit, encore moins gagner à des raisons, aucune raison n'avait prise sur sa colère : mais brusquement, il voit la beauté de Priam, brusquement aussi il lit sur son visage sa propre mort, lorsqu'un père devant lui pleure son fils, et *alors* — mais cet alors n'est pas celui d'une conclusion, n'est pas un opérateur logique, juste une conjonction temporelle — sa colère tombe. Achille est une mer démontée, dont le bouillon-nement enfle vingt chants durant, et puis, à la clarté des étoiles, d'un seul coup, il n'y a plus de bruit, on n'entend plus que l'imperceptible mur-mure des flots, le murmure que font deux hommes, l'un jeune qui va mourir, l'autre vieux qui voit tomber ses fils un à un et le plus vaillant d'entre eux.

L'apaisement est aussi inquiétant que la colère, venant d'un geste absolument souverain et arbi-traire, *sans raison*. Même l'incroyable clémence de Titus, son renoncement soudain et final, contre toute attente, à la vengeance, n'est pas si pur, si incroyable : il est politique. Si, comme l'écrit avec raison Werner Jaeger, le seul sujet de l'*Iliade* est, non la guerre de Troie, non pas même Achille, mais sa colère, c'est-à-dire le récit qui court de la naissance de la colère à la mort de la colère, son développement ne suit pas le cours régulier, labo-rieux, uni, d'une évolution psychologique. La beauté du geste bouleversant par lequel Achille prend la main de Priam et met un terme à la fureur n'est pas celle d'une conversion et elle ne vient pas d'une lente maturation : elle est un éclair, la trouée pure d'un ciel radieux au milieu de l'orage, le calme très soudain de la nuit. La moderne psychologie s'accommode mal de ces solutions de continuité dans les mouvements de l'âme : elle tâche de couturer ce qui pourtant ne s'ajuste pas, de jointoyer avec le mortier des motifs, des causes, de l'histoire, ces grands blocs de colère pure et de sérénité sublime, de cruauté atroce et sordide et d'imprévisible générosité — triste labeur qui consiste à mettre des bras à la Vénus de Milo pour qu'elle nous soit, par ressemblance, plus compréhensible.

Comme l'apaisement ressemble encore à un violent caprice, il y a, au milieu de la colère, au milieu de l'éternelle violence et sans jamais la menacer, de brusques relâches — et d'un seul coup la douceur recouvre le monde. Il y a une lumière mouillée et verrine et le monde n'est plus en feu. Au milieu de la colère, il y a une lyre, un jeu de dames et de dés, une palabre qui n'est plus d'insultes, plus de menaces, une voix qui ne vocifère plus mais chante à la nuit tombée, aidée de la lyre, les exploits des héros, la main qui caresse songeusement l'encolure d'un coursier, un dialogue avec la mère où la plainte, si elle est toujours là,

129

n'est plus enragée, un long silence dans lequel on se tient assis face à la mer et le crépuscule descend. Il y a aussi le souvenir qui vient, le soupir. Dans la vie violente, il y a l'amour et l'amitié, Ajax, Antiloque et Patrocle, le grand corps d'Achille allongé sous la tente près d'un corps endormi, sa main caressant les cheveux de Patrocle. Quelque chose dans le désir même est suspendu.

Cette sereine suspension reste une énigme de la chair, qui ne l'abolit pas mais cesse d'en faire une proie ou une arme, où le désir cesse d'être belliqueux : Achille aime Patrocle. Quelle était donc la nature de leurs rapports ? La question paraît anachronique, parce que les noms changent, comme la conception des sujets et de leurs relations, mais dès l'antiquité, pourtant, il fallait mettre un nom sur cette énigme, comme on doit faire la part du feu, on ne savait que comprendre de la pudeur d'Homère. Il fallait déjà trancher, distinguer, classer le désir par espèces, sinon par objets. Le fallait-il ? Vous avez, pour vous-même, chaque fois que votre main s'est tendue, sans cesse rejoué ce débat : pour quoi faire cette main ? À quelle raison vouliez-vous livrer ce corps ? L'orateur Eschine, le philosophe Platon s'interrogent et discutent de l'amour pour Patrocle, ce n'est que le début.

Ce n'est que le début, aussi, d'un pèlerinage de plus de vingt siècles en terre d'amour. Cet espace-là, qu'ils décrivent à deux et où ils se tiennent, où

130

la beauté est sans arme mais jamais menacée, où elle appelle mais ni ne supplie ni ne hurle, forme un paysage que chacun, à un moment donné, a voulu voir, a voulu parcourir. Était-ce à la philosophie d'en ceinturer le lieu, à la poésie d'en décrire le relief ? Vos questions sont plus simples, peut-être. Qui est donc celui ou celle qui vous y fait pénétrer ? Y êtes-vous encordés ? Vous y promenez-vous, main dans la main ? S'ouvre-t-il, ce paysage, dans le creux d'un lit ou à la table d'un café ? Tomberez-vous sur lui par accident, au détour d'un chemin, lorsqu'un bras, soudainement, vous prend par l'épaule, lorsqu'un certain silence se fait dans la conversation et vous savez d'instinct qu'il scelle quelque chose et décèle la contrée où vous vous tenez maintenant — ou marcherez-vous longtemps en l'apercevant de loin ? Une fois là, quelle langue parlerez-vous ? Sur quelle divinité prêterez-vous serment ?

Car dans cet amour, on peut loger tout ce qui, dans le désir amoureux, admire sans convoiter, caresse sans meurtrir, prend sans arracher et on l'appelle alors amitié ; dans cette amitié, on voit ce qui, dans l'amitié, tient toujours au corps et a besoin d'étreindre, alors on l'appelle amour. Dans une tragédie perdue d'Eschyle, on sait que la pureté du sentiment d'Achille ne s'embarrassait pas de terminologie : il loue la beauté des hanches de son ami, la douceur de ses baisers. Alors donc, c'est de l'amour ? Laissez donc à ceux qui n'aiment plus le loisir d'en disserter, à eux aussi la détestation de l'équivoque. Et en ce moment, votre souci n'est plus philologique, ni historique. Il ne vous importe pas ici de vous renseigner sur la valeur et la signification de l'homosexualité en Grèce ou sur l'idée de la *philia*, mais seulement de vous tenir ici, ou d'aspirer à vous y tenir. Et dites qu'il y a dans l'amour dévorant, prédateur, toujours luttant et toujours violent jusqu'à user l'image du corps à corps, une déprise soudaine et un geste royal. Vous ne prononcez jamais le mot d'ami à la légère, mais vous en habillez aussi bien l'amante ou l'amant.

Or cette douceur, d'où vient-elle si soudainement ? Son surgissement n'est-il pas simplement pathologique ? Depuis longtemps, on sait ce que signifient ces brusques ruptures dans le caractère : Achille, et non pas seulement Ajax, est un mélancolique, il y a dans la clarté vibrante et crue de la violence héroïque un soleil noir, la lyre est en fait un luth constellé, la douceur une ombre portée, qui soudain atténue le feu solaire et le mue en crépuscule et parfois en nuit, mais qu'est-ce qui projette cette ombre ? Il y a là une maladie ? La bile jaune de la colère n'est pas seule en cause, la douceur elle-même ressemble à la prostration de la cyclothymie. Exaltation, abattement, fureur, apaisement, tension extrême et vertigineux relâchement, ces violents, irrépressibles hoquets de l'âme, le poing qui se tend et puis les bras ballants, le rire mauvais ouvre la bouche comme une gueule et puis les larmes coulent, l'ennui terrible et exaspéré, jusqu'au désir de vivre qui s'estompe soudainement et par intermittence. Ce n'est plus la démesure tragique, c'est le dérèglement physiologique des humeurs ; les mots ne sont plus ceux du poète, mais ceux du médicastre, ceux de Gallien, de Burton. Et la fougue elle-même n'est peut-être qu'une longue crise de nerfs, que seul leur épuisement momentané parvient à interrompre. Voulez-vous poursuivre le diagnostic de ce cas clinique, changer d'époque encore une fois ? Y mettre un peu (beaucoup) de psychanalyse ? Parlez des rapports avec la mère (et pourquoi pas d'une naissance pour le moins difficile succédant à un mariage forcé et abhorré), vers laquelle le fils chéri, adoré, choyé, sans cesse se tourne et retourne, elle seule est présente pour lui, jeune toujours, belle incorruptiblement, immuable et tendre, quand le père n'est qu'une ombre lointaine, dont le visage porte seulement la marque de la corruption du temps et que ne verra plus ce fils qui ne veut pas vieillir. Tant que vous y êtes, d'ailleurs, mettez sur ce compte maternel qui ne cesse de s'allonger les amours féminines compliquées, l'homosexualité, la désociabilisation, l'agressivité narcissique.

Et oui, peut-être ne parle-t-il jamais qu'à elle seule, tant aussi il est éloigné des autres. Les autres n'entendent qu'un cri, un hurlement, un accent rogue et brutal ; elle seule entend la parole sous le grondement, et le timbre de la mélancolie et de la solitude. Oui, ce qui se laisse entendre, en définitive, quand vous en aurez fini avec les figures mythiques de l'inconscient, c'est la grande solitude, dont le *primus inter pares* ou les superlatifs homériques n'offrent que la face seulement solaire et héroïque. La grande coupe où il trempe les lèvres, aucun mortel que lui, dit Homère, n'y boit, et aucun dieu n'en reçoit libation que Zeus Père. Sans doute, vous n'avez pas choisi ce compagnon par hasard.

L'ombre gagne

Alors il faut aller plus loin et tout regarder de cette vie, traverser le réseau des nerfs, quitter la circulation des humeurs. Que voyez-vous ? Partout la mort : voilà ce qui projette l'ombre douce, comme ce qui décuple aussi la rage et la violence. Toute douceur est funèbre, pas seulement fugace. Partout la mort qui vient, qui est là, dans le jeu de dames, dans la lyre, qui doit venir, dans le ciel étoilé, qui de son vivant l'arrache à tous les autres.

Ainsi, les amours d'Achille, après Déidamie, sont toutes enténébrées, le voile de noces est toujours noir, c'est un linceul ou le linge blanc du sacrifice. C'est comme si une affreuse fatalité inscrivait sur tout ce qu'il voit, sur tout ce qu'il veut aimer, un signe, une marque qui est celle aussi qu'il porte au talon et dans l'âme. Plus sûr encore que les yeux de Gorgone, le regard d'Achille, qui ne voit partout que la mort, comme malgré lui, livre les corps aimés, ou simplement approchés, à la puissance de la destruction. À l'endroit où il touche, il y a une ombre.

L'horrible ruse qu'invente la raison de la guerre le fiance à celle qu'on doit égorger : Iphigénie. Racine, qui attache l'argument à l'amour et non à l'orgueil blessé par la tromperie, épargne finalement la jeune fille et choisit, après Euripide, la généreuse variante du mythe — n'importe, la mort promise a dénudé la nuque, d'une manière ou d'une autre l'amour a dû s'adjoindre son inséparable compagnonnage. Quand Achille la regarde, il doit voir sur la nuque blanche et fragile, toujours, le trait fin que vise la hache, sur la gorge le parcours du couteau. Indigné, il se sera exclamé chez Racine, parlant d'Agamemnon : « Il veut (…) / Qu'au lieu de votre époux je sois votre bourreau ? » — il n'aura jamais dit aussi vrai. Et puis, de toute manière, il faut que quelqu'un meure, il faut que la mort, toujours, soit l'officiant de la noce : la biche d'Artémis devient au Grand Siècle une femme réelle, il faut une victime. Et maintenant, c'est la mort même qui amorce l'élan du désir : chez Euripide, où il avait plus de souci de sa gloire que des mouvements du cœur, son cœur enfin s'emballe lorsqu'il entend la jeune fille se vouer d'elle-même au sacrifice. Le discours amoureux ne sera jamais qu'une parole de mort. Il s'embarque. Briséis est la maîtresse captive volée sur le cadavre de son mari et de ses frères. Patrocle, dans Homère, est un mort en sursis, déjà à demi effacé, et à jamais l'amour d'Achille pour lui sera d'essence funèbre. Revêtir les armes d'Achille, comme il le fit, mettre le corps d'Achille sur son propre corps, c'était se vouer à la mort. Patrocle vient de nuit dans la tente, son visage est grave et aimant, Achille pleure de le voir, mais il est transparent : c'est un songe, venu demander qu'on se mette en peine de ses funérailles. Achille n'étreint rien. Bien significativement, leur seule union charnelle, si l'on peut dire, qu'évoque l'*Iliade*, et encore par anticipation, est quand la chair est brûlée, ce ne sont pas les membres et les torses d'Achille et de Patrocle qui se confondent et s'étreignent, c'est la cendre de l'un et la cendre de l'autre, dans la même urne orfévrée par un dieu souterrain. Et puis, bien plus tard, dans la plaine de Troie, le sang qui jaillit de la gorge de Penthésilée irrigue d'un seul coup le cœur d'Achille. Et

puis l'amour pour Polyxène l'attire dans l'obscurité funèbre du temple d'Apollon, il y meurt, la
main tendue était celle d'Hadès. Et mort, à son
tour il l'entraîne, elle aussi sacrifiée. Et la belle
Hélène, qui lui donnera Euphorion dans le
royaume souterrain, est aussi morte que lui et il
n'est pas Faust, qui l'en tirera pour l'aimer au
soleil.

Tous ces visages aimés, dévorés ou caressés portent un cerne autour des yeux, comme la mort
toujours les ombre, ce sont les masques tristes,
jeunes et pleins d'une mélancolie parfois violente
ou parfois douce, qu'on peut poser autour de son
tombeau. On ne fait pas impunément de pacte
avec la mort, pour qu'elle vous soit glorieuse et
pour qu'elle vous soit fidèle dans l'entreprise de
combattre : elle n'arrête pas sa main aux seuls
ennemis, elle saisit tout, gâte tout. Et la savoir près
de soi, c'est déjà pactiser. De même que l'immortalité divine, l'éternelle jeunesse de Thétis se paie
amèrement de voir la mort, qui ne peut la saisir,
allonger la main vers le fils tant aimé, de même,
dans ce pacte où tout est inversé, l'immortalité de
l'homme ne s'obtient que si l'on meurt vite et fait
mourir, la jeunesse est éternelle d'être brève et
sabrée. La condition est toujours la même, paradoxale : que la mort soit là, qu'elle double les pas,
qu'elle ajoute une ombre à l'ombre naturelle, un
grésil à la surface des choses. Qu'elle ôte le pan de

tissu qui couvre la tête. Et ainsi toute chose se trouve baignée, même dans le plein soleil, de ce coucher de soleil. Nous qui avons cessé de croire à cette immortalité-là, confiée au plus fugace, à ce qui, de toutes les choses, est le plus volatile et qui s'efface presque aussitôt apparu, l'action et la parole, nous n'avons pour expédient, et il est bien débile, que d'oublier le terme, de le biffer d'une manière ou d'une autre, de détourner le regard, mais d'une manière ou d'une autre il s'écrit de nouveau et presque immédiatement. En tout cas, il nous reste celui de tremper le temps dans le Styx, non pas pour l'arrêter, mais pour que, sous la corrosion qu'il dépose sur notre visage et dans nos membres, quelque chose de jeune demeure toujours. C'est ce que fait Achille, retrempé chaque jour dans le bain de sa future mort, il y boit. Peut-être cette eau noire est-elle moins amère pour celui qui ne la craint pas, certains le disent ; elle est amère pourtant, elle teinte les lèvres, perle toujours à leurs bords, de sorte qu'on a toujours la mort au bout des lèvres : Achille, littéralement celui qui n'a jamais porté ses lèvres au sein, ne dit jamais qu'une seule parole, et qui sans cesse aussi lui revient en écho, qu'il doit mourir, qu'il doit mourir, et cette parole fait la basse continue de toutes ses paroles, comme elle accompagne tous ses gestes. Tout est signe, c'est comme si le monde entier ne parlait que de cela, les éléments, les animaux, les hommes, les dieux ; les flots marins sont les sanglots de Thétis ; le cheval immortel, au moment de se lancer dans la bataille, lui dit avec mélancolie : « Oui, cette fois encore nous te ramènerons, Achille. Mais tes jours sont comptés » ; Hector mourant lui rappelle qu'en le tuant il a scellé son destin ; Apollon n'en finit pas de bander son arc. Les autres ne regardent pas ce visage aux lèvres noires sans horreur ou sans crainte : celui-là est marqué, retranché, sa gloire luit d'un éclat noir et glacé, la main qui le porte si haut est celle que tous veulent fuir. Chacun doit mourir, nous le savons bien, ce savoir trivial, qui en vérité n'enseigne rien, n'est jamais en réalité qu'une phrase que nous répétons mécaniquement sans vouloir y croire vraiment. De cette lucidité terrible qui ne sera jamais la nôtre — et peut-être est-ce tant mieux —, nous nous déchargeons sur la figure d'Achille, qui en porte seul le poids, qui seul a les yeux horriblement dessillés, quand nous, nous fermons toujours les yeux à demi, disant : ni le soleil, ni la mort. Il faut que quelqu'un endosse cela, cette lucidité insupportable, comme le bouc concentre à un moment sur lui toute l'impureté du monde pour l'emporter, hors de la cité ou dans le sacrifice, loin de la société des hommes.

Non, bien sûr, vous ne croyez plus — quand vous n'y verriez pas une indigne présomption — à l'immortalité que l'on gagne en contrepartie de la mort héroïque et qui se fait de paroles, vous ne croyez plus à cet enfantillage grandiloquent que la vie tient aux poètes et à l'art de raconter, vous êtes moderne. Ce n'est plus qu'une vieille métaphore, déjà moribonde chez Ronsard et Du Bellay, qu'à l'occasion même on peut vous resservir autrement lorsqu'on vous dit que ceux qui meurent survivent dans la mémoire : vous voyez simplement qu'ils meurent, et rien d'autre. Mais du coup, Achille vous parle une langue plus terrible encore, qui ne dit plus rien que cet empire universel de la mort, parce qu'elle est dénudée. Il n'y a plus que cela, la mort, et rien au-delà, et rien d'autre et tout est voué à la destruction. Et d'ailleurs, il n'y a jamais eu que cela, depuis le début, puisque la condamnation d'Achille lui a été signifiée dès le début. Si vous voulez une image du désespoir littéral, en voilà une. Il porte son regard autour de lui, il lui semble que tous ont au front le signe fatal, et lui seul le voit, il ne voit que des ombres, ceux qu'il a tués, ceux qu'il va tuer, ceux qu'il a aimés et qui meurent d'être aimés de lui. La légende veut qu'au royaume des ombres il est toujours le même, aimant et tuant, mais c'est qu'il y est déjà de son vivant. Seul peut-être, dans ce paysage qui se dépeuple à grande allure et dont les figures prennent une consistance irrémédiablement funèbre, il demeure un lieu où la vie est vivante et non agonisante, claire, cristalline comme l'eau : là où se tient Thétis, la mère. Au-delà, tout autour, c'est l'empire de la mort. Cet empire, qu'il contribue à étendre toujours plus dans le déchaînement de la violence, prend sa source en lui : sa mort à venir, promise, scellée, logée dans l'âme et dans le talon, n'a plus qu'à se déverser au-dehors, et qui épargnerait-elle, puisqu'elle condamne le plus beau, le plus grand, puisque la beauté parfaite n'est pas un rempart mais au contraire la première proie ?

Alors c'est le moment de voir le jeune Lycaon s'agenouiller dans la poussière. Une fois déjà, il a été à la main d'Achille qui a rançonné sa vie à Lemnos ; le hasard grimaçant du combat l'a jeté de nouveau contre lui, désarmé. Il pleure, il va mourir. Il dit que le sort est cruel, qu'il n'est pas de ceux qui ont tué Patrocle, il dit qu'il n'y a que douze jours qu'il est de retour chez les siens, il dit qu'il est presque un enfant. Il baisse la tête. La réponse, dit Homère, fut sans pitié, mais elle était sans pitié parce qu'un mort la disait : « Va, mon ami, meurs à ton tour. Pourquoi gémir ainsi ? (…) Ne vois-tu pas comme je suis moi-même grand et beau ? Je sors d'un noble père, une déesse fut ma mère ; pourtant la mort et le destin cruel sont sur ma tête. » La mort qu'on donne est celle qui loge en vous.

En nous délivrant toujours de la certitude de la mort sur Achille, nous concentrons en lui, aussi,

toute la violence désespérée qu'elle anime nécessairement — l'aspiration radicale à la destruction.
Voilà, cette violence qui vous effrayait ou vous
écœurait, mais que vous vous étonniez aussi de
sentir par moments remuer tout au fond de votre
sang, et qui se fait un corps du corps d'Achille, elle
n'est simplement que le langage brûlant, que sans
doute vous n'épellerez jamais vraiment, de cette
certitude. La soif de destruction n'est pas seulement en Achille comme l'exemple pur de la sauvagerie qui sommeille en tout homme : elle signale
la condition mortelle et la loi du monde. Il pousse
à son extrémité absolue la fragilité de toute chose,
sans autre foyer que le foyer brûlant de la guerre, il
n'a rien bâti mais tout ruiné, n'a fondé aucune
famille véritable qu'un fils lui aussi déchaîné, n'a
modelé que le plus fugace, le plus évanescent de
toutes les choses du monde : des actions, des
exploits et des paroles, a confié sa vie à cela,
comme pour dire : ne vous trompez pas, tout est
de cette consistance, volatil, ténu, toujours livré à
l'universel puissance de la disparition, mais l'éclat
bref de cette poussière lumineuse des actes et des
paroles, l'existence, est intense et aveuglant, il
troue la nuit.

Alors il frappe et donne la mort à profusion. Et
que tout s'embrase, se dépense, dans cette violence
littéralement désespérée, que le monde éclate avec
lui, comme chaque mort est la fin du monde,

puisqu'il en était la plus belle partie et qu'elle est depuis l'origine vouée à la destruction. Mais il reste un feu intense et le monde a vécu, qui sans cela, sans ce feu, serait seulement une immense mer de glace, mortellement figée, sans mouvement, sans chaleur. Et cette flamme, de loin en loin, peut toujours, d'un seul coup, de nouveau tout embraser.

IV

Traversée des enfers

(La frise)

Aeacides, caput insuperabile bello, arserat. Le corps d'Achille part en fumée, il est ardent pour un instant encore, mais maintenant les flammes courent plus vite que lui, pour la première fois. La lumière du bûcher rougit le tronc des pins maritimes, met dans la lumière du couchant une teinte de brique. Il y a, à la lisière des arbres, toute une armée silencieuse, des milliers d'hommes, et leurs chefs au visage et aux mains purifiés, dont certains baissent la tête. Au-delà du bûcher, la grève descend lentement jusqu'à un ourlet ténu d'écume transparente : on y voit deux chevaux immortels, qui baissent l'encolure, qui pleurent. Le bois des arbres de l'Ida craque dans le feu ; parfois le vent enveloppe les hautes flammes : c'est Éole, convoqué par Hermès ; le ressac brasse lourdement les galets, comme une main d'enfant qui joue aux osselets, on sait bien que tout au fond pleure une déesse. Il y a dans l'air un parfum de résine, de miel. Achille brûle.

Allons, il est temps de partir. Un instant, vous parcourez du regard ceux qui se tiennent là. Celui qui lève la tête et dont les yeux suivent les volutes noires et tourmentées de la fumée, c'est Ulysse : il observe la gloire d'Achille s'élever dans le ciel, on ne sait ce qui plisse sa bouche. Auprès de lui et bientôt son rival, Ajax le Grand, cousin, ami d'Achille et roi de Salamine, dont le cri couvre les mêlées mais dont la parole est faible, fixe un point indistinct ; il veut les armes fabuleuses d'Achille avec innocence et fougue, par piété, par orgueil, avec simplicité, il ne les aura pas, il en mourra. Celui qui s'impatiente, plus jeune que tous les autres et qui avait aussi quelques comptes à régler, c'est Diomède. Et il y a un vieillard qui ne peut retenir ses larmes, Phoenix, le tuteur d'Achille, presque son père. Et puis les Atrides. Au premier rang, sans doute, se tient aussi le fils, Néoptolème : il ne vous intéresse guère de le dévisager. Antiloque et Patrocle, les deux amis, sont morts, Briséis est restée sous la tente. Eux tous, aussi, les vivants et les morts, vous devez les quitter. Si l'on en croit Quintus de Smyrne, beaucoup d'autres encore se tenaient sur cette plage, mais vous ne les voyez pas, car ce sont des immortels : toutes les filles de Nérée, entourant la plus belle et la plus inconsolable d'entre elles, les Muses aussi, Hermès, Poséidon enfin qui promet une île bienheureuse pour le jeune mort.

Mais dans le soleil qui se couche, vous voyez Apollon qui s'en va, il tourne le dos, il s'en va, le dernier rayon est la flèche meurtrière qui luit de son carquois. Tout ce monde va se disperser, entrer dans d'autres cycles, d'autres poèmes. Vous aussi.

D'ailleurs, vous ne savez plus bien à qui vous parliez à l'instant, quand vous parliez d'Achille vivant, lorsque, parfois, vous l'éleviez (sans doute par excès) au rang d'explication du monde, lorsque vous le destiniez à accompagner certaines expériences, certains âges, certains gestes. Est-ce d'un songe que vous vous réveillez, qui se dissipe lentement dans la fumée du bûcher ? Regagnez-vous le terrain meuble de la réalité, inégal, plus indécis toujours que le songe ? Le nouveau siècle qui est le vôtre, en tout cas, souffle et disperse les dernières volutes de cette fumée, mais pas seulement lui : votre âge aussi, et pas seulement celui du monde — c'est curieux, ce héros de vingt-huit siècles est désormais plus jeune que vous. Mais surtout il est mort. Non, vous n'avez plus rien à faire ici, n'est-ce pas ? Il faut partir. Le feu, d'ailleurs, va s'éteindre et vous n'avez aucune envie de recueillir la cendre. Ce monde-là est poussière et vous avez plutôt intérêt à vous accrocher à vous-même, pour la suite. Quelqu'un, de toute façon, se charge d'éternellement pleurer la mort du jeune homme, et c'est la mer. Et de ce point de vue, rassurez-vous, vous l'entendrez toujours pleurer, désormais, chaque fois que vous vous tiendrez sur une grève, en Grèce, sur une plage tyrrhénienne ou adriatique, ou même sur le bord d'une autre mer où l'on ignore tout des pins maritimes, des genêts, des chênes argentés, des rochers aigus et des grottes humides ; partout où la frange de la mer rassemble des sanglots à peine perceptibles, vous serez au cap Sigée. Mais vous chercherez en vain le tombeau que vous promettiez ; des cendres en effet, voilà ce que vous avez. Il faut rentrer chez vous, mais c'est loin. Il va vous falloir descendre.

Vous n'étiez pas là lorsque Achille fut tué, vous savez juste qu'Apollon solaire est le dieu vainqueur qui le plonge dans la nuit. On dit qu'il a guidé la flèche de Pâris, que c'était dans son temple où Achille était venu retrouver Polyxène, que peut-être c'était une embuscade, un guet-apens. Certains ont avancé que c'était là juste salaire, car Achille par amour s'apprêtait à trahir. C'est absurde. Certains, qu'il fut abattu devant les portes Scées, au pied de Troie, en plein élan, qu'il reconnut l'Archer, que la rage ne l'a pas quitté avant la vie — et c'est plus juste peut-être. C'était inévitable, en tout cas, mais l'inévitable ne cesse jamais de nous surprendre. Et maintenant vous regardez cela, vous vous sentez orphelin, c'est la fumée du bûcher qui vous pique les yeux.

148

Dans la fumée noire qui s'élève, Ovide, qui décrit en quatre vers ses funérailles, ne voit pas l'âme d'Achille se libérant d'un corps qui de son côté retournerait à la poussière et à la cendre, mais sa gloire. Or cette gloire, qui est la succession interminable de toutes les vies futures d'Achille, n'est plus ce qui vous intéresse désormais. Vous regardez la fumée se disperser, elle trace des mots, des vers, s'enroule dans des volumes, dessine des scènes de théâtre, se lie comme une base aux couleurs de la toile, ponctue des partitions. Vous, vous regardez vers le bas, où il vous semble que la terre s'ouvre, vers quoi descend lentement Achille. Achille va voir son grand-père, Éaque, juge aux Enfers.

Vous l'avez suivi, mais il n'était pas besoin pour cela de verser le sang animal sur la terre, ou le lait blanc, ni surtout de chercher l'antre qui en réalité peut être partout trouvé, dès que, pour quelques instants, votre âme flotte dans une zone indécise, entre le sommeil et la veille, bien près de la tristesse, enveloppée de solitude, quand elle balbutie, quand le vin l'obscurcit. La bouche des Enfers n'est jamais très loin de la vôtre, le tunnel qui y mène est relié à l'artère du cœur ou irrigue le cerveau. Les Enfers sont en vous, où passent les ombres du souvenir, où s'étend le dépôt des enfances, où coulent certains ruisseaux auxquels vous seul pouvez boire et même ses escarpements

149

sont doux à gravir : le vertige qui parfois vous y saisit est une ivresse délicieuse. À cet endroit, tout au fond de vous-même, poussent les asphodèles. La bouche d'ombre s'ouvre dans le recoin d'un café lorsqu'il est temps de partir, sur le seuil où vous raccompagnez le parent ou l'ami, qui, à ce moment, ne vous a jamais paru si fragile et vulnérable, dans la couverture étoilée d'un pin, sur une grève, où il vous semble que c'est là, sur un tertre invisible, qu'on a déposé le corps d'Achille. La mer se retire, la braise s'éteint, tout reflue : c'est en vous-même, oui, c'est en vous-même que vous descendiez.

Vous ne parliez plus à personne, vous suiviez une ombre, elle marchait lentement, mais, au fur et à mesure, vous n'étiez plus seul : une compagnie discrète s'est peu à peu jointe à vous, un cortège silencieux ou murmurant grossissait à chaque pas. Bien sûr, il y avait les amis, Patrocle d'abord, et Antiloque, et puis Ajax vous a rejoint très vite, qui ne voulait plus parler et détournait les yeux dès qu'on le regardait, mais aussi l'immense théorie des victimes et Hector à leur tête, triste, beau et grand comme l'amour doux et la raison, le jeune Lycaon et d'autres Priamides, et tous ceux que la course du jeune homme a emportés avec lui. Le cortège avançait. Dans la foule silencieuse, on voyait le visage noir de Memnon que chaque matin pleure l'Aurore. Vous avez vu l'Amazone.

Lycaon, auprès de vous un moment, vous a dit, dans un souffle : J'étais jeune, j'étais presque un enfant ; apercevant son frère Hector, qui tournait vers lui un regard plein de mélancolie, il s'est tu. Certains visages étaient barrés de grandes cicatrices, certains rongés par l'eau, d'autres lisses et blanchis à la flamme. Au milieu des guerriers, vous avez vu une frêle silhouette, comme revêtue de rayons de lune : la fille de Lycomède suivait l'équivoque et irrésistible adolescent, comme d'autres suivaient l'impitoyable tueur. Il vous fallait avancer.

Tout au fond de vous, le cortège descendait, Achille à sa tête, qui ne courait plus, ne se retournait pas, vous ne distinguiez plus qu'une grande silhouette, et sa cuirasse de bronze avait un éclat mat. Auprès de vous, bientôt, vous avez senti autre chose, des pas plus légers, des frôlements, vous avez tourné la tête : dans la lumière amoindrie des Enfers, vous avez distingué le cou fragile d'une biche, elle marchait à pas circonspects, comme en dansant, comme si elle voulait ne laisser sur la terre aucune trace, son œil noir et velouté semblait vous questionner. Le reste de la harde s'est joint à elle, un grand cerf marchait maintenant à vos côtés, il portait au poitrail, comme un collier de roi, une incision longue et profonde. La masse sombre, dodelinante et farouche d'un ours, l'échine souple et musculeuse d'un fauve, son mufle — et au-dessus un cygne. Le grand Centaure suivait les bêtes sauvages, la tête couronnée de chêne et d'olivier, ses sabots frappaient le sol mais ne produisaient aucun son. Il tenait la lyre. Vous auriez voulu lui parler. Vous vous êtes arrêté, écarté du chemin, vous vous êtes assis un instant sur la ruine brune d'un mur cyclopéen, vous laissant dépasser. Et vous avez vu tout un monde descendre au fond de vous.

Parce que ce n'était pas seulement les compagnons et les victimes. Autour de vous, il y avait les arbres du Pélion, les forêts de l'Ida, le grondement du Scamandre, des aigles et des nuages, et plus loin, vous le deviniez, une côte dentelée et la peau scintillante de la mer, peut-être des navires dont les proues ressemblaient à des nymphes, et le parfum sur des genêts, et le vent salé qui laisse dans la bouche comme un goût de pierre. Le parfum tonique de l'enfance, le parfum doux-amer de l'âge. Voilé par les Enfers mais invaincu, le soleil. Des promesses faites à vous-même que vous n'avez jamais tenues, de vivre vite, de courir toujours, de ne rien marchander, de n'avoir dans les mains que de l'or d'un côté et de l'airain de l'autre, et que la solitude soit un bijou solaire. Tout homme est né en Grèce, mais après ? Qu'avez-vous dans les mains ? Quel bijou portez-vous ?

Alors, au moment où vous portiez les yeux de nouveau sur le chemin où passaient les ombres, vous avez vu un homme seul, un vieillard, et il était aveugle et portait dans ses cheveux un fin bandeau de lin. Il vous a semblé que vous pleuriez alors, mais peut-être était-ce en rêve, et ces larmes lavaient votre visage, le polissaient comme un marbre que personne, jamais, ne verra. C'est comme si Homère, en aveugle, avait posé les mains sur vous. Ce visage, qui repose si profondément caché, qui, seulement là, ressemble si précisément à celui d'Achille, libre à vous, par la suite, de le grimer, et puis le monde se chargera toujours suffisamment de vous le retailler et de vous en faire honte. On saura bien assez vous dire, si on le voyait, qu'il est celui du bon élève ou du petit-bourgeois, qu'il sent sa culture vieillotte et sa poussière de salle de classe, que ces yeux-là sont vides, eux aussi, qu'ils ne voient rien, ou ne voient que du marbre empesé, des figures sans particularité, qu'ils ignorent tout du monde comme il va et des vrais problèmes. Que ce visage-là est bon pour les Enfers. Mais puissiez-vous un jour le mettre en pleine lumière.

Derrière l'aveugle, séparée de quelques pas, suivait de nouveau une foule compacte que vous auriez pu passer votre vie à détailler, des pourpoints, des bonnets de peintre, des perruques, des visages graves et fatigants, des index pointés, des regards sombres. Certains avaient apporté leurs instruments, d'autres leurs bréviaires, certains se haussaient sur la pointe des pieds pour distinguer quelque chose du triple cimier de cendre qui les précédait tous, mais il paraissait loin, désormais. Certains traînaient les pieds comme des forçats, d'autres au contraire continuaient à danser et descendaient le chemin comme pour l'embarquement à Cythère. Leurs pas soulevaient une fine poussière. Regagneriez-vous le cortège ? Votre place était tout à la fin, sans doute, et personne ne vous prêtait attention. Pourtant vous reconnaissiez des visages familiers, des amis proches, des connaissances lointaines. Vous hésitiez. Il vous a semblé que certains vous faisaient des signes presque imperceptibles. Mais au moment où vous alliez leur emboîter le pas et reprendre la route, vous avez senti derrière vous les arbres s'agiter, un corps immense, puis deux, puis trois se frayaient un chemin. Vous vous êtes retourné, les branches se sont écartées. Ce que nul ne peut voir, vous l'avez vu. Vous n'avez tout d'abord distingué qu'une chevelure large comme un océan, un bras à la blancheur aveuglante, un pied ailé. Mais nulle frayeur ne vous a saisi, la stupeur seulement. Le temps de vous redresser, les Immortels étaient là.

Peut-être, vous ne pouvez dire quel visage ils avaient, mais vous avez un instant contemplé ces visages. Vous avez vu la face meurtrière du soleil, la mer, la foudre, le blé blond, la blancheur froide de la lune, le rougeoiement du feu, la langueur, la

154

guerre et les yeux pers. Vous avez vu le carquois, l'arc argenté et la lyre immense comme une constellation, le paon multiple, la chouette, le serpent gueule ouverte, le trident, le marteau, la conque. Leurs corps gigantesques effleuraient à peine le sol de cendre ; eux aussi se taisaient désormais, mais leurs visages, qui pourtant allaient s'enfoncer dans l'ombre pour toujours, demeuraient sereins. Ils sont passés ainsi, peut-être sans vous voir, mais à la fin, le dernier d'entre eux a tourné son regard vers vous : c'était un jeune homme, il portait dans ses mains une bourse d'argent, la baguette aux serpents entrelacés qui donne le sommeil et l'abondante parole, il portait l'écriture et la musique, et les hasards, fâcheux ou bénéfiques, qui font une existence. Vous avez compris que, bien qu'en queue de cortège, c'était lui qui guidait tout ce monde et la grande famille des Immortels et les menait tout au fond de vous-même. En souriant, il a incliné la tête dans votre direction. Vous avez souri à votre tour, cette divinité est la vôtre. Il ne vous restait plus qu'à répondre à l'invitation. Vous avez dit : ne partez pas sans moi, je viens, je viens, et vous vous êtes remis en marche à leur suite, Hermès vous guidant comme il le fera toujours, vous donnant tour à tour l'écriture et le royaume des ombres. Vous suiviez cet autre pied léger.

Mais, tandis que, fermant la marche, vous vous étiez remis à cheminer, vous n'aviez plus les mains vides : elles portaient un petit coffre qui contenait les lares, on y voyait le visage jeune de vos parents, les rires limpides de vos frère et sœurs, on y entendait des paroles enfantines et la brise de la mer Égée. Vous emportiez avec vous des après-midi de langueurs et de chuchotements étouffés, deux enfants qui se confectionnaient dans une baguette de roseau le trident de Poséidon, des jetons de trictrac, de petits hoplites en plastique aux couleurs approximatives, des quartiers de pastèque et le fond d'un verre de résiné pour la route, quelques idiomes dans une langue vieille de trois mille ans et des amis qui portaient des noms d'Immortels. Malgré tout ce qu'il contenait, le petit coffre était impondérable, il fallait le déposer et l'enfouir tout au fond de vous-même. Vous n'aperceviez plus Achille qui marchait tout en avant.

Et puis, au débouché du chemin, une plaine s'est découverte et le cortège s'est peu à peu dispersé, chacun gagnant son lieu propre dans le paysage du souvenir. Hermès prit congé, il y avait un fleuve à traverser, qu'Achille avait déjà franchi : sur la rive opposée, vous l'avez regardé lentement disparaître. Vous avez vu les trois Juges. C'est une erreur de croire qu'on ne les rencontre qu'une seule fois et quand tout est fini : il n'est personne qui n'ait jamais connu la nostalgie, personne qui n'ait changé de vie et dû abandonner au fond, ne serait-ce qu'une seule fois auparavant, un coffre rempli de choses sans poids, personne qui n'ait quitté l'enfance, qui n'ait eu qu'un seul amour, personne qui n'ait accompagné une ombre, personne qui n'ait senti sur son front le frôlement d'une aile noire, personne qui ne soit plusieurs fois descendu aux Enfers — ou alors celui-là n'a jamais vécu. Vous pourrez bien prendre des chemins différents pour parvenir jusque-là, enfouir le coffre en d'autres lieux de cette plaine ; peut-être même l'aurez-vous jeté en chemin, ou brisé par maladresse, ou, par colère, éparpillé ce qu'il contient — n'importe, vous connaîtrez plusieurs fois les enfers. Peut-être, tout à la fin, quand il s'agira de ne plus remonter, le jugement sera-t-il terrible et peut-être aurez-vous quelques raisons de craindre. Mais lorsque vous descendez vivant, c'est la douceur qui prévaut, quand bien même vous seriez en pleurs tout le long du chemin.

Des trois Juges, bien sûr, c'est Éaque, l'aïeul d'Achille, qui vous a parlé. Vous n'aviez rien à craindre, sans doute, mais les questions qu'il vous a posées, il n'était pas facile d'y répondre. À quoi dis-tu adieu ? Le courage vous a manqué, et puis, avez-vous demandé, fallait-il dire adieu pour toujours ? Vous cherchiez au loin la silhouette du jeune homme mort, mais elle avait disparu. Un doute, soudain, vous a saisi : au-dessus de vous, était-ce le tombeau d'Achille, avec sa statue, ses reliefs et maintenant sa frise — ou bien était-ce le vôtre ? Éaque, avec bienveillance cependant, vous a fait remarquer que des tombeaux d'Achille, il y en avait des milliers, pour la plupart coincés dans les rayonnages des bibliothèques et que, d'ailleurs, il ne se trouvait dans aucun d'entre eux. Vous avez compris alors que celui que vous acheviez de dresser vous était bien plutôt destiné. Mais cette découverte, que l'on fait à dire vrai chaque fois que l'on écrit un livre, ne vous a pas effrayé, comme aussi vous le soupçonniez depuis quelque temps : ne portiez-vous pas ce petit coffre avec vous, dans quoi se tient le contenu d'une vie à quitter ? Et ne venez-vous pas de l'envelopper de papier ? Vous avez sans doute attendu trop long-temps pour cela et peut-être, pour tout dire, tout cela est-il mal ficelé. Mais enfin, si ce n'est pas un tombeau, ce sera en tout cas une petite stèle dans laquelle vous aurez voulu incruster des tessons, votre statue d'Achille une terracotta, les reliefs et la frise quelques phrases un peu contournées et vous verserez au pied un verre de résiné — vous n'êtes peut-être pas doué pour le grandiose.

Mais vous avez vu, sur le visage du juge, s'esquisser une moue dubitative, qui a eu la vertu de changer l'ensemble de sa physionomie. Sa voix même avait changé, qui a demandé, mi-ironique, mi-incrédule : Pourquoi Achille, alors ? Cette voix-là vous paraissait bien moderne, pour un juge des

158

Enfers. Mais vous compreniez bien ce qu'il voulait signifier, qui avait à voir avec cette cécité coupable aux choses du monde moderne et le mépris qu'elle pouvait lui inspirer. Il semblait vous dire : quel intérêt ? Quel intérêt, ces feuilles sur un vieux jeune homme de deux mille sept cents ans, toutes ces phrases ampoulées, ces périodes ronflantes, cette grandiloquence ou cette mièvrerie ? Et puis quoi, pas même au moins une réflexion pertinente sur la guerre ou sur les inégalités sociales ? De quoi parles-tu encore, de ce ton précieux et obsolète, académique parfois, de quoi parlez-vous que nous puissions entendre aujourd'hui ? Quand d'autres disent le monde et y plongent, te voilà occupé à tailler ton petit tombeau dont personne n'a que faire, à pleurnicher même et à raser tout le monde avec ta mélancolie de petit-bourgeois élitiste. Et pourquoi, au moins et faute de mieux, si vraiment tu voulais parler d'Achille, ne pas lui avoir donné quelques traits un peu modernes ? Vous auriez au moins pu déplacer Troie de quelques centaines de kilomètres à l'est, mettre le Tigre et l'Euphrate en place du Scamandre, remplacer le quadrige par le char d'assaut.

Puis contrefaisant une nouvelle fois sa voix, il dit : où sont tes références ? Est-ce cela qui te plaît, Achille défiguré ? L'indigne travail archéologique, qui ruine un peu plus son tombeau, au lieu de l'élever.

159

Que vous trouviez de telles voix dans les
Enfers, au fond de vous, n'est pas non plus pour
vous surprendre ; elles sont dans l'ordre des choses
— on n'écrit pas sans les affronter. Mais elles ont
eu la vertu de vous faire redresser la tête, de vous
faire souvenir aussi qu'on ne reste pas indéfiniment à l'endroit où vous étiez et qu'il fallait
remonter. Les reproches esthétiques, à dire vrai,
vous n'en avez cure, car vous savez que vous avez
raison, il y a différentes couches du monde et on
n'attaque jamais les mêmes. Ces questions-là ne
sont pas moins fondamentales : Avec qui gran-
dissez-vous ? Qui est celui, pour cela, qui vous
accompagne ? Quels gestes vous a-t-il appris ?
Quels paysages vous a-t-il découverts ? Qu'avez-
vous enfoui dans les Enfers et quels tombeaux
avez-vous élevés ? Vous tenir droit n'est pas facile ;
la main de l'autre n'est pas de trop, fût-elle de
papier. Et si cette stèle ou cette borne qui marque
dans le monde humain un carrefour peut aussi
briller comme un phare, si elle n'est pas seulement
un monument, si tout homme chemine bien sur
une chaussée de géants et n'apprend pas la langue
seulement avec les vivants, vous aurez alors suffisamment raison.

Le juge, alors, au fond de vous, redevint ances-
tral. Il y a, vous dit-il, bien des vies possibles, dans
la vie d'Achille, bien des embranchements, bien
des manières de le quitter et de le retrouver, bien

des façons de seconder son meurtrier — et bien des livres. Ce n'était pas seulement le choix premier, entre une vie brève et glorieuse et une vie longue et obscure. Pour certains, Achille, à Skyros, ne fut jamais reconnu d'Ulysse, le glaive glissé parmi les cadeaux ne fut jamais saisi : Achille a toujours son double corps, Déidamie toujours son amant. Pour d'autres, il sauva Iphigénie et ruina la guerre avant même qu'elle ne commence : il est connu comme celui qui sacrifia à l'amour l'ivresse de la tuerie et le goût du soleil ardent. Pour d'autres encore, jamais il ne mit un terme à sa colère et la guerre dure toujours, elle est infinie et durera autant que durera le monde, et tant que le monde durera, Achille restera sous la tente, sa main sera pour la lyre et non pour le glaive, sa bouche pour le chant et non pour le défi — que les autres se battent sans lui, il saura bien conter leurs exploits. Pour d'autres aussi, Achille courant vers Hector s'est noyé dans le Scamandre, le feu s'est éteint dans l'eau, comme une pierre il coule et coule encore dans un tourbillon que le monde stupéfait contemple interminablement. Mais si ta vie n'a suivi aucun de ces chemins de traverse, s'il s'y trouve encore quelque chose du feu, de la grande solitude et de l'emportement, sache en tout cas qu'un dieu t'attend, que la flèche est dans son carquois et que l'Archer, jamais, ne manque sa cible.

Il vous regarde encore et vous dit : À quoi tout cela t'a-t-il servi, en définitive ? Aux heures de découragement, vous auriez pu répondre : À rien, et vous auriez voulu rester pour toujours dans ces Enfers, à suivre une ombre et à la voir disparaître, et vous n'auriez pas alors, devant Ulysse descendu tout au fond de vous, regretté une minute la vie que vous auriez perdue, et l'humaniste et modeste morale en aurait été pour ses frais. Mais aujourd'hui, si vous n'êtes pas beaucoup plus convaincu que la vie est un don inappréciable, du moins, à tout prendre et si on la choisit, y a-t-il quelque raison, ou peut-être quelque cause, à se choisir Achille pour compagnon. Et puis en jetant un coup d'œil sur vous-même, vous avez bien vu ce qu'il en était : celui qui n'est plus qu'une ombre a laissé un peu de son corps dans votre corps, dans votre sang un peu de son ardeur. Quand vous remonterez, peut-être vous tiendrez-vous plus droit.

Or il est temps de remonter, mais vous avez sur les lèvres une chose nouvelle, qui s'y est déposée tandis que vous cheminiez en suivant cette ombre, en parcourant toutes les terres qu'Achille a parcourues, en vous frottant à lui et même en le tenant à distance d'un geste impérieux ou sage. Comme vous allez parler, maintenant, elle se forme étrangement et, tout en remontant à la surface, vous commencez à l'entendre résonner dans vos paroles : vous pouvez maintenant parler à la première personne. Vous dites au juge des Enfers : *Je* m'en vais maintenant, il est temps. *Je* ne sais pas très bien, au débouché du chemin, quel paysage je vais découvrir, de quoi seront faits le ciel et les étoiles, si même j'y verrai encore des constellations. Il y a, pour moi, d'autres pays, la ligne plate de l'horizon et des ciels de porcelaine, des tableaux flamands, le jeu des concepts, et Rome pas moins que la Grèce, des parents qui m'attendent, une femme que j'aime. Mais je reviens au monde, aussi, pour toujours voir une chose. Achille n'est pas ici, il ne faisait que passer, comme l'avait en son temps annoncé Poséidon à Thétis. Si je reviens à la lumière, c'est pour voir Achille, pour toute la suite des temps, en haut d'un promontoire, dansant et chantant. Même sur la mer du Nord, même dans l'Atlantique, je verrai une île grecque. Il y aura au sommet un jeune dieu éternel, un éternel jeune homme, que je fixerai. Je le vois, il danse, son corps se confond avec le soleil.

Villa Médicis, août 2008.

L'un et l'autre

Jean-Philippe Antoine
La chair de l'oiseau. Vie imaginaire de Paolo Uccello (Prix Yourcenar 1992)

Marie-Louise Audiberti
Le vagabond immobile. Robert Walser

Catherine Axelrad
Vies et morts d'Esther
L'enfant d'Aurigny

Martine Bacherich
La passion d'être soi

Bruno Bayen
Le pli de la nappe au milieu du jour

Pierre Bergounioux
Jusqu'à Faulkner

Gisèle Bienne
La ferme de Navarin

Antoine Billot
Le désarroi de l'élève Wittgenstein
La part de l'absent
Monsieur Bovary

Didier Blonde
Baudelaire en passant
Les fantômes du muet

Christian Bobin
Le Très-bas (Prix des Deux-Magots, Prix Joseph-Delteil, Grand Prix catholique de Littérature, 1993)
La plus que vive
La dame blanche

François Bott
La Demoiselle des Lumières

Alain Boureau
Histoire d'un historien. Kantorowicz

Michel Braudeau
La Non-Personne. Une enquête

Geneviève Brisac
Loin du Paradis. Flannery O'Connor

Idelette de Bure
Rouge ou la proie du peintre

Michel Chaillou
La rue du Capitaine Olchanski. Roman russe

Jean Clair
Journal atrabilaire
Lait noir de l'aube

Philippe Comar
Mémoires de mon crâne. René Des-Cartes

Mariette Condroyer
Tous les parfums de l'Arabie

Jean-Michel Delacomptée
Madame La Cour La Mort
Et qu'un seul soit l'ami. La Boétie
Le roi miniature
Je ne serai peintre que pour elle
Ambroise Paré. La main savante

Florence Delay
Dit Nerval (Grand Prix du roman de la ville de Paris, 1999, prix de l'essai de l'Académie française, 2000)

Marie Didier
Dans la nuit de Bicêtre (Prix Jean Bernard de l'Académie de Médecine, 2006, Prix de littérature francophone de Balma, 2006)

Sylvie Doizelet
La terre des morts est lointaine. Sylvia Plath
L'amour même
Lost

Jacques Drillon
Face à face

Dominique Dussidour
Si c'est l'enfer qu'il voit

Claude Esteban
Le partage des mots

Armand Farrachi
Bach, dernière fugue

Colette Fellous
Le Petit Casino

Jean-Pierre Ferrini
Bonjour monsieur Courbet

François Gantheret
Petite route du Tholonet

Christian Garcin
Vidas
L'encre et la couleur
J'ai grandi (Prix Symboles de France, 2006)

Sylvie Germain
La Pleurante des rues de Prague
Céphalophores
Les personnages

Guy Goffette
Verlaine d'ardoise et de pluie

Elle, par bonheur, et toujours nue (Prix Atout-Lire, 1998)
Auden ou l'œil de la baleine

Roger Grenier
Pascal Pia ou le droit au néant
Regardez la neige qui tombe. Impressions de Tchekhov (Prix Novembre, 1992)
Trois heures du matin. Scott Fitzgerald (Prix Joseph-Delteil, 1996)
Les larmes d'Ulysse (Prix littéraire 30 millions d'amis, 1998)
Fidèle au poste

Michèle Hechter
Galluchat ou les mirages du requin de Chine
M. & M.

Christian Jouhaud
La main de Richelieu ou le pouvoir cardinal

Thierry Laget
Florentiana
La fiancée italienne
À des dieux inconnus
Portraits de Stendhal

Pierre Lartigue
L'art de la pointe

Philippe Le Guillou
Le songe royal. Louis II de Bavière

Catherine Lépront
Le passeur de Loire

Jean Lévi
Le fils du ciel et son annaliste

Gérard Macé
L'autre hémisphère du temps

Diane de Margerie
La Femme en pierre

Danièle Sallenave
Le principe de ruine

Dominique Sampiero
Le rebutant (Prix du Roman populiste, 2003)

Michel Schneider
Glenn Gould piano solo (Prix Femina Vacaresco, 1989)
Maman

Michel Séonnet
Sans autre guide ni lumière
La marque du père

Pierre Silvain
Le brasier, le fleuve. Georg Büchner

Jean-Yves Tadié
Regarde de tous tes yeux, regarde !

Olivier Wickers
Trois aventures extraordinaires de Jean-Paul Sartre

*Achevé d'imprimer
par l'Imprimerie Floch
à Mayenne, le 20 octobre 2008.
Dépôt légal : octobre 2008.
Numéro d'imprimeur : 72079.*

ISBN 978-2-07-012077-2 /Imprimé en France.

158031